KB197438

김남주 30주기 헌정시집

뇌성번개 치는 사랑의 이 적막한 뒤끝

권민경 유병록 황지우 外

시인 김남주
1945.10.16~1994.2.13

차례

2부 당신이 내게 덮어 주고 간 외투

3부 삶이라는 직업의 부당함

4부 날카로움 하나 없는 눈송이들이 길을 지우듯

다짐이자 순정한 사랑의 고백

김남주 시인은…

1945년 전남 해남군 삼산면 봉학리에서 농민의 아들로 태어났다. 1964년 광주일고에 입학했으나 입시 위주의 획일적 교육 제도에 반대하여 이듬해 자퇴했으며, 1969년 대입 검정고시를 거쳐 전남대 영문과에 입학했다. 1973년, 제4공화국이 유신을 발표하자 이에 정면으로 대응하는 내용의 지하 신문 《함성》, 《고발》을 발간함으로써 10개월간 투옥되었고, 1974년 「진혼가」 등의 시를 《창작과 비평》에 발표하면서 작품 활동을 시작했다. 1978년 광주에서 '민중문화연구소'를 만들면서 본격적인 전사의 길로 접어든다. 이후 서울에 올라와 남조선민족해방전선(남민전)에 가입해 활동하다가 이듬해 체포되어 15년형을 언도받았다. 1988년 12월 형 집행 정지로 석방될 때까지 10년간 옥중에서 시를 썼다. 생전에 모두 510여 편의 시를 남겼는데 그중 360여 편이 옥중에서 쓰인 것이다. 부당한 기성권력에 대한 반항심을 시로 승화시키고, 시를 변혁의 무기로 삼아 투쟁한 것이다. 1990년 민족문학작가회의 민족문학연구소장이 됐으나 1992년 건강이 악화돼 사퇴한 뒤 췌장암으로 투병하다 1994년 2월 세상을 떠났다. 현재 광주 망월동 묘지에 안장되어 있다.

여기까지가 아마도 시인 김남주의 약사略史일 것이다.

우리 현대사에서 김남주는 혁명의 시인이요 전사戰士였다. 적어도 자유와 평화를 갈구하며 한국에서 시를 쓰고 있는 시인들은 하나같이 시인 김남주를 별처럼 마음속에 새기면서 읽고 살았다고 믿는다. 그리고 김남주 시인이 쓴 〈함께 가자 우리 이 길을〉은 길 위에서, 투쟁 현장에서 서로의 어깨를 걸며 힘주어 부르는 노래였고 함성이었다. 그 노래를 우리는 영원히 멈추지 않을 것이다.

한국 시단의 101명의 시인이 모여 오늘 '김남주 30주기 헌정시집'이라는 이름으로 한 권의 책을 펴낸다. 어쩌면 이것은 시인으로서의 다짐이기도 하고, 시인 김남주를 향한 순정한 사랑의 고백이기도 하다.

"벽을 보면 나는 치고 싶다/주먹이 까지도록/벽을 바라보면 나는 들이받고 싶다/이마가 깨지도록"(김남주, 「벽」 중에서)이라고 노래했던 시인을 떠올리며, 자유와 민주주의를 향한 우리의 걸음은 여전히 현재 진행형임을 기억하고자 한다. 시와 혁명을 한 몸으로 이끌고 간 그의 삶을 기억하며, "세상이 아프면 자기 몸도 아파 버리는 시인"(황지우)의 고투를 기억하며… '함께' 나아가는 일을, 같이 투병하고 투쟁하는 일을 지속할 것이다.

2024년 가을
김남주 30주기 헌정시집 기획위원회

1부
새를 찾으러 떠난 여행

사랑
—김남주 선생 영전에

이영광

한 사람이 시대를 맞는다

시대가 한 사람을 맞는다

부둥켜안는다

둘 다 미쳤는데,

저렇게 정확히

서로를 알아본다

이제부터 조금 더 힘들게

권민경

스무 번 썹고 넘기는 일 60분 일하고 스트레칭 특별
히 거북목을 이겨내는
기지개와 기지개와 기지개 사이
초침 분침 제철소의 쇳물 굳어 가는 뒷다리
시간이 필요하다
나는 세상에 필요한 걸 만들 수 없다
갖은 노력뿐

쓸모없는 것만 탄생하고
쓸모없는 것의 쓸모를 생각하는 것이 나의 일
가슴을 향해 발사되는 총알은 어디서 만들지

모래내 대장간에서 낫을 파는 동안
쓸모의 쓸모를 위해

나는 안간힘을 쓴다
쓰도록 의식한다
곧추선 허리 근육이 잡힌 팔뚝
택배 상자와 구루마

쥐약을 먹고 죽어 가는 작은 몸들
코트 안에 갈무리하고
잃어버리지 않게 두리번
빼앗기지 않게 도망

슬픈 목처럼 꺾인 골목을 뛰어
막다른 곳까지 닿으면
밀수한 수명 유통기한 다 된 방아쇠
모든 죽는 것들에 대한 기억
빼앗아 가려는 자들에게
낫을 휘두른다

녹슨 총알 우리 사이를 날아간다

탐조 일지

안희연

　새를 찾으러 떠난 여행이었어. 그 마을에 가면 새를 볼 수 있다더군. 이날을 위해 탐조경을 구비하고 무릎까지 올라오는 장화도 신었어. 진흙에 발이 빠지는 것을 두려워하지 않으려고.

　마을 입구에 도착하니 과연 새의 천국이었어. 색색의 새 조형물들이 놓여 있었어. 새 풍선을 든 아이들이 마을을 가로질러 뛰어다니고 새 빵을 사려는 줄도 길게 늘어서 있었어. 팥소가 가득 들어 맛있네요. 틀에서 갓 구워 올린 새의 날개를 베어 무는 사람들의 표정이 밝았어.

　이 마을이 왜 새로 유명해졌는지 아세요? 해설사의 뒤를 따라 걷던 사람들은 저마다의 추측을 내어놓았지. 이건 아주 오래된 이야기예요. 마을에 농작물 피해가 극심해 집집마다 방조망을 쳤어요. 멀리서 보면 마을 전체가 거대한 감옥 같았다니까요. 내쫓으려다 내쫓긴 거죠, 새들에게. 결국 누가 갇혔나 보세요. 박수 소리와 함께 해설사의 임무가 종료되자 누군가는 그의 부드러운 말씨를 칭찬하며 함께 사진 찍기를 청했다.

　엄마, 이 그림 좀 이상한 것 같아요. 황금 트로피를 수상한 작품 앞에서 고개를 갸웃하던 아이는 등짝을 맞으며 끌려가고. 새 분장을 한 가수의 축하 공연과 '해박한 지식을 위한 새 도감' 배포를 끝으로 그날의 축제는 종료되었어. 장화는 깨끗했고 텅 빈 주차장에서는 조각난 색종이가 폐사지의 흙먼지처럼 굴러다녔지.

탐조경은 무엇을 보고 있었을까?
무얼 보고 있었는지는 몰라도 무언가를 보긴 보고 있었다.

크리올 돼지들

이설야

산지의 양파는 달콤했어요. 감자는 통통하고, 부드러운 털과 얌전한 귀를 가진 당나귀는 또 얼마나 많았는지, 새들은 상냥했어요. 땅콩은 너무 많이 태어나고 고소해서 돼지들에게도 먹였죠. 입이 긴 크리올 돼지는 아주 씩씩했어요. 아무거나 잘 먹고 잘 웃었죠. 작은 부두 신들과 함께 능선을 달렸죠. 한때 돌았다는 아프리카 웃음병을 앓던 주인처럼 가난했지만 잘 웃었죠. 검고 날씬한 돼지는 사흘을 굶어도 거뜬했죠. 크리올 돼지 한 마리면 집이 되고, 식량이 되었죠. 잔반만 먹어도 잔병 없이 잘 자라던, 웅덩이에 뜬 낮달과 무지개도 잘 건져 먹던, 작은 기적을 가르쳐 준 크리올 돼지들

프랑스가 돌아가자 미국이 몰려왔죠.
매일 해가 조금씩 빠져나가는 성경을 옆구리에 끼고서
독립 기념으로 프랑스가 준 여신상을 머리에 이고서
그들이 몰려왔죠.
석양을 등에 가득 짊어지고
그림자 뒤로 거대한 그림자들을 거느리고서

아이티 검은 돼지들이 유럽의 앞마당까지 전염병을
옮길 거라며 모두 죽여 버렸죠. 그 후 아이오와에서 흰
돼지들이 몰려왔죠. 부드러운 흰 외투를 입고 쫑긋 솟
은 분홍 귀를 가진 돼지들이었죠. 깨끗한 물과 비싼 사
료만 먹는 네발 달린 왕자들*, 단단해 보이는 질서 위에
질서, 아직 미개지들은 많고 많아서 그들이 만든 자유
로 뭉친 시계는 빨리 돌아가죠.

가난은 점점 더 찢어졌죠.
갈기갈기 찢어진 내일
절멸한 내일
찢어져 가릴 수 없는 하늘
그러니까 죽었죠.
아니 죽였죠.
미래의 씨마저 모두 태워 버렸죠.

*아이티 농민들이 미국 돼지들에게 붙여 준 별명이다.(장 베르트
랑 아리스티드, 「가난한 휴머니즘」, 이후, 2007, 32쪽)

신도시

정우신

아이 재워 놓고 몰래 출근한다

죽창도
푸바오도 없다

새 떼가 쩍쩍거리며
어둠을 심장 쪽으로 옮겨 놓을 뿐

잠시, 콜을 기다리며
모든 것이 낡아 버렸으면
눈이 떠지지 않았으면
생각한다

아파트 피뢰침을 지나는 안개처럼

잠에서 깬 아이는
물속을 헤매고

해안선이 조금 바뀌었을 뿐

일 마치고
택시비 아까워 걸어오는 길

별은 여전히 빛나는데

'어이 학생'은 없고
'저기요 아저씨'만 있다

남주야, 남주씨, 남주 어르신

유병록

매일은 아니겠지요
매일이라면 꼭 좋은 일이 아닐지도 몰라요

그래도
계절이 지나가는 동안이라면
해가 바뀌는 동안이라면

닮은 이가 태어나기도 하겠지요
닮은 운명을 타고나는
그런 사람들이 있겠지요

무거운 운명을 지고 가면서도
당신들은
허허 웃으며 가겠지요

그래서
누가 당신인 줄 알 수 없으니

누구를 만나든

당신을 대하듯 해야겠지요

남주야, 남주씨, 남주 어르신,
다정히 부르며

함께 걸어가야지요

항전

유현아

처음 만난 듯 인사를 한다
우리는 처음 만난 것이 아닌데 인사를 한다
우리는 겨우 잊기 위해 인사를 한다

겨울이었는데 계속해서 비가 내렸지
책방에서 시를 읽고 있었는데
어떤 이는 농성장에서 천막을 지키느라
팔이 부러졌다더라

그러는 사람들 많아
처음 만난 사이처럼 인사해야 견디는 사람들
그래야 오래오래 행복할 수 있다고 믿는 사람들
의도가 사악한 거지 삶이 사악하지 않다는
믿음이 있는 사람들

분명 만난 적이 있는데 침묵처럼 인사를 하지
책방에서 시를 읽고 있었는데
어떤 이는 옥탑방에서 절망을 은폐하느라
가슴을 쿵쿵 친다더라

죄책감은 올라오는 것이라고 했더니
죄책감은 나아가는 것이라고 했지

어떤 이의 추락이 사실은 착지였다고 애써 더듬거리며
눈에 보이지 않고 띄지도 않는 인사를 한다

"진보란 알고 보면 자기기만에 불과하다는 것을, 우리
는 시위를 통해 보여 줄 수 있어야 해요!"
　그는 커다란 손으로 손짓을 해 가면서 정교하게 다듬
은 표현들을 선보였다.*

오래오래 복수하는 날을 기다리고 있다

---

* 이반 일리치 『누가 나를 쓸모없게 만드는가』(느린걸음, 2022, 112
쪽).

대전발 영시 오십분을 기다리는 사람처럼

엄마는 평생 달걀 한 꾸러미를 들고 걸었다
누가 멀리서 봤다면 아기라도 안은 줄 알았을 텐데

용산역 안 그는 휴대폰을 들고 뛰었다
바통을 쥔 것처럼 절박해 보였다
힘내세요, 라고 말했다면 좋았을까

머리통만 한 수박을 안고 가는 사람
머리통만 한 수박을 팔러 가는 사람
중얼거림을 들고 가는 사람
제 입을 버리고 걸어가는 사람
구름을 쓰고 가는 사람
고양이 걸음을 흉내 내며 가는 사람

끝내 사람이길 포기하고 걷는 사람

기차를 타러 나왔는데 행선지가 생각나지 않아
가만히 기다린다

대합실은 소란과 고요를 반복한다
이럴 때엔 헛기침이 소용 있다

지금 몇 시더라,
시계가 없는데도 손목을 들여다보며
올 사람이 없는데도 이쪽저쪽을 돌아보며

돌아갈 곳 있는 사람*처럼
행선지를 떠올린다

* 김명기 시집 『돌아갈 곳 없는 사람처럼 서 있었다』를 변용.

압화

코팅지 속
꽃물을 머금은 울음이 비명을 삼킨다
진공도 없이 울려 퍼지는 진동이 아파!
빈 공간 속에서 소리도 없이 꽃물을 흘린다
짓이겨진 압화에서 꽃의 선혈이 서서히 흩어진다
수없이 몸부림쳐 봐도 벗어날 수 없는 고통
그 속에서 메아리가 되어 버린 순혈의 멍들
아파! 아파!
아무리 외쳐 보아도 굳어 버린 비극
붉은 물이 스며든 자리로 웃음이 소란도 없이 몰려
든다

코팅지 속에서 번져 가는 아픔들이
웃음에 묻혀 손발을 묶는다
꽃잎이 울음을 먹고 깊은 잠에 빠진다

말라 버린 꽃잎이

조각난 입에게 속삭인 비명은

강요된 침묵이 침몰한 흔적

죽어 간 꽃들의 무덤 위로

붉은 피가 눈같이 쌓인다

꽃이 다 흘리지 못한 비명이

밤을 새워 슬픔의 숫자를 센다

꽃잎이 떨어질 때마다 죽어간 사람들의 이름이 한 획
씩 잊혀 간다

아파!

들리지 않는 압화의 울부짖음

꽃물이 소매를 적시면

눈물은 봉분을 스치는 바람같이 흐를 것이다

일찍 죽은 사람들의 무덤에는

썩지 않는 꽃이 이름도 없이 필 것이다

꽉 깨문 어금니의 빈틈처럼 허공이 폭풍 같은 숨소리를 기억하며 잊어버린 아픔을 버릇처럼 흘릴 것이다.

소년이라는 파편

김중일

밤 밤 밤

공중에서 수백 기의 미사일이 정물처럼 떠 있다

손금처럼 촘촘한 미사일 방어 시스템의 간섭으로 밤, 밤, 밤 꽝음을 내며 요격된다 그렇게 밤은 무너진다

하늘에서 불놀이 꽃놀이 중이다

아이들 아이들이 몰려든다

아이들이 비상경보처럼 사방에서 몰려든다

그중 미사일 한 기가 아군이 자랑하는 돔을 뚫고

불발된 불꽃놀이 스틱처럼 검게 그을려 지상으로 낙하한다

그 자체로 커다란 한밤의 파편인 미사일이 지상에 부딪히고

마을 아이들의 숫자만큼 조각조각 나뉘고

그중에 파편 하나가 소년의 복부에 박혔다

이제 소년이 하나의 파편이 되었다 그을린 마을에 깊이 박힌

소년이 서 있던 곳,

소년의 형상을 한 작은 공중이 소년 대신 서서 철철 피 흘린다

소년이 된 공중, 백사십 센티미터의 공중이 된 소년

공중의 발치에 고인 피처럼 소년의 작은 몸이 검붉게 바닥에 흐르고 있다

번지고 있다 소년의 몸이 점점 커지고 있다

문제라면 정작 쓰러져야 할 공중들은 피를 아무리 많이 흘려도 쓰러지지 않는다

문제라면 문제라면 공중들이 쓰러지지 않아 하루하루 계속된다 불놀이 꽃놀이는 계속된다

하루가 세월의 파편이라면, 아침 저녁으로 피흘리는 공중은 하루의 파편이라면

공중이 쓰러져,

미사일도 비집고 들어올 틈이 없고 피로한 새들도 날개를 접고 그렇게 다 끝내지 못한다면

차라리 공중에 소년을 가득 채워야 하는데……

아침 저녁으로 그 공중을 모아 하루를, 하루라는 파편을 모아 세월을,

흩어진 소년의 조각들을 모아 한 몸의 영혼을, 조각난 이 세상이 이제 틀렸다면 영혼들을 모아 붙여 다음 세상을,

꼭 온전한 하나의 형체로 만들어야 하는데……
그렇게 한 번은 봐야 하는데, 어떤 모습인지.

땅탁구도 올림픽 종목에 끼어 있기만
한다면야 내 팔자도 늘어진 개 팔자가
될 텐데……*

                                                    이지호

   가볍고 속이 빈 공이 나 같아 땅에 그려 놓은 탁구대
에 올려놓는다

   휘몰아치는 경기 한 판

   넘겼다가 받았다가 다시 스매싱
   마치 광장에서 궤적을 그리는 발자국같이
   정구공이 튄다
   탁구공이 튄다
   물봉이 튄다
   김남주가 튄다

   목표가 나를 움직인다
   탁구대는 내공 쌓기의 지름길
   다쳐서 돌아오기도
   가끔은 꽃을 따 오기도

   바깥 풍경에는 같은 시간 같은 곳이 없다
   팽목항 파도 한 자락

미얀마 시가의 한 모퉁이
가자 지구 아이의 벗겨진 신발 한 짝
로키산맥 산불 아르헨티나 폭설

날머리에 설 때
혁명은 모든 빛을 모아 정점에서 드러낸다

나의 생몰연대는 괄호를 닫았는데
아직도 여전히

경기는 끝나지 않았고
땅탁구는 처방전이 될 수 없고
마침표를 찍지 못한 나의 문장은
탁구공처럼 튀어 너에게 간다

다음은 너의 차례다

* 김남주 시인이 한 말. 땅탁구는 교도소 운동장에서 즐겨 했다는
  감옥에만 있는 운동으로, 탁구대 넓이만 한 땅에 시멘트를 바르
  고 네트를 치고 나무판자로 채를 만들어 손에 쥐고 탁구 규칙에
  맞게 정구공을 사용하여 치고받는 운동.

흰 돌 검은 돌

권창섭

그와 처음 눈을 마주한 건 흑석동의 국밥집에서였다

김치 반찬으로 공깃밥부터 다 먹고 나서야 국을 뜨던 그는 내게

미안한데 막걸리 한 병만 더 마시면 안 되겠냐고 물었고

알겠다고 난, 그것까지만 마시자고 대답했는데

우리는 몇 번의 자리를 더 옮겨 술을 마셨다 계산은 번갈아 했다

그와 두 번째로 눈을 마주한 건 한 지방 도시의 낭독회에서였다

그는 자신의 시를 낭독하다 눈물을 조금 흘리기도 했는데

그를 따라 흐느끼는 사람들이 몇몇 있었고 헛기침을 하는 사람도 몇몇 있었다

나도 눈가가 조금 촉촉해졌던 것 같은데 그건 내가 진행자이기 때문이었을 것이다

한 편의 시를 더 낭독해야 하는 그에게 난 손수건을 건넸고 아직까지 그 손수건을 돌려받지 못했다

그와 세 번째로 눈을 마주한 건 우연히 만난 지하철에서였다

조금은 큰 목소리로 내 본명을 부르는 바람에 열차 승객들 몇몇이 나를 돌아보았고

나는 눈인사만 겨우 하고 계속 제자리에 앉아 있었다

몇 정거장 후 내 옆에 자리가 비자 그가 냉큼 와서 앉았고 나는 그와 몇 마디를 나누다가 내려야 할 곳보다 먼저 내렸다 바깥 공기가 꽤 찼던 것 같다

그에게서 전화가 왔지만 받지 않았다 먼저 내린 김에 곧장 집으로 들어가진 않았다

그와 네 번째로 눈을 마주한 건 새벽 한 시의 공원에서였다

벤치에 앉아 담배를 피고 있던 그에게 여기는 금연 구역이라고 했더니

그는 조용히 웃으며 이건 전자담배라고 괜찮다 하였다

정말로 괜찮은지는 모르겠으나… 묵묵히 고개를 끄덕인 내게 그는

갑자기 찾아와 이런 말은 곤란하겠지만, 돈을 얼마만

큼 빌려줄 수 없냐 물었고 난 요즘 휴직 상태란 말로 대
답을 대신했다

　씩 웃으며 그는 내게 검정 봉지를 건넸는데 귤이 오천
원어치쯤 담겨 있었다 오는 길에 샀다는데 이미 까먹은
귤껍질도 조금 있었다

　그와 마지막으로 눈을 마주한 건 그의 장례식장에서
였다

　딱히 다른 사진이 없었는지 평범한 증명사진이 영정
으로 쓰임 하고 있었다 그가 안경 벗은 모습을 처음으
로 보았다

　그는 스스로 마무리하는 방식으로 스스로를 마무리
를 했다고 들었다

　검은 정장을 입고 있는 그의 영정 앞에 국화처럼 하
얀 돌을 하나 두었다

　빈소에는 생각보다 사람이 많았고 우는 사람들도 있
고 웃는 사람들도 있었다 흰 옷을 입은 사람도 있었으
나 검은 옷을 입은 사람이 더욱 많았다

나는 얼마입니까?

김선향

저는 베트남에서 온 응웬 두안 썬NGUYỄN TUẤN SƠN
입니다. 서른여덟 살입니다. 2021년 11월 29일 한국에 왔
습니다. 한국에 온 지 10개월이 되었습니다. 지난 8월 17
일 한국어능력시험 3급에 합격했습니다. 여전히 한국어
는 어렵지만 그만큼 재미도 있습니다. 저는 결혼을 했으
며 딸 두 명, 아들 한 명이 있습니다. 큰딸은 여덟 살, 작
은딸은 여섯 살, 아들은 네 살입니다. 큰딸은 저를 닮아
서 키가 크고 작은딸은 엄마를 닮아서 키가 작습니다.
제 고향은 베트남 중부 응에안입니다. 빈 대학에서 법
률을 전공했습니다. 베트남에 있는 한국 회사에 다니며
한국 사람을 만날 기회를 얻었습니다. 친절한 한국 사람
들 덕분에 한국에 대한 관심이 생겨 유학까지 오게 되었
습니다. 저는 고양시에 있는 국제법률경영대학원대학교
석사 과정에 입학해 한국어와 문화 공부를 하고 있습니
다. 제 성격은 내향적이고 수줍음이 많습니다. 친구를
사귈 때 먼저 다가가진 못하지만 한번 사귀면 오래 우정
을 나눕니다.

귀 회사에서 일할 기회를 주신다면 최선을 다해 노력
하겠습니다. 지금은 한국어가 서툴지만 한국 사람들과

함께 일하며 한국어 실력도 기르고 보람도 얻고 싶습니다. 감사합니다.

2022년 10월 30일 응웬 두안 썬

언젠가 한국에서 취직할 때 쓰려고 선생님과 같이 미리 준비했던 '자기소개서'입니다.

저는 청주시 오송역 파라곤 센트럴시티 2차 아파트 건설 현장 25층에서 추락했어요. 제 한국 이름은 원도산입니다.

전날 온종일 일을 한 후 저녁부터 밤 10시까지 계절학기 수업을 온라인으로 들었죠. 그러고도 새벽 2시까지 공부를 했어요. 3일 후에 한국어능력시험이 있거든요. 특히 쓰기 공부가 너무 어려웠어요. 그래서 선생님에게 밤 10시 30분쯤 메시지를 5개나 보냈는데 읽지 않으셨어요. 조금 섭섭했어요. 오늘 새벽 6시에 선생님이 답장을 해 주셨는데 저도 읽지 않았어요. 조금 후회스럽네요. 선생님이 제 걱정을 많이 하셨을 텐데요. 선생님은 얼음처럼 차갑게 구셨지만 얼마나 따뜻한지 저는 잘 알아요.

50m 높이에서 추락하는 찰나의 시간을 저는 헤아릴 수 없었어요. 저는 혼자 추락하지 않았어요. 동료인 응웬 응옥 꽝NGUYỄN NGỌC QUANG과 같이, 대형 거푸집과 같이 떨어졌죠. 그래서인지 덜 쓸쓸했어요. 아무것도 생각나지 않아요. 하지만 언뜻 이런 광고 문구를 본 것도 같아요.

Paragon is 당신을 위한 완벽한 주거 명작

헛웃음이 나오려 해요. 파라곤 아파트 시공사인 동양건설산업은 인명 사고가 끊이지 않았더라고요. 2020년 10월에도 2021년 4월에도 근로자가 죽었다는 기사를 봐요. 누군가는 또 죽어 나가야 했는데 마침 우리였던 거네요. 이럴 때 한국 사람들은 재수 없다고 하죠.

네, 솔직히 말씀드리자면 한국에 돈 벌러 왔어요. 가난이 너무 싫었어요. 네, 맞아요. 건설 현장에 불법 취업을 했어요. 부모님까지 가족 6명이 제 등에 매달려 있으니까요. 고향에 매달 생활비를 보내야 하고 유학 올 때 브로커에게 들어간 빚도 갚아야 했죠. 택시비를 아끼려고 한겨울 새벽길을 30분씩 걸어 기숙사에 가곤 했어요. 옷도 사지 않았어요.

　오늘 죽은 우리 두 사람이 한국 사람이 아니라서 얼마나 다행일까요. 보상금이 몇 배나 적게 들겠죠. 가족이 없으니 성가신 일도 없겠죠. 제 목숨값이 얼마나 될지 저도 너무너무 궁금해요. 과연 건장한 30대 베트남 사내의 몸값은 얼마일까요?

　　　　　　2023년 7월 6일 오전 11시 12분 원도산

누전

신철규

땅 끝 모서리에 튀어나온 바위 절벽은
무릎 꿇고 기도하는 사람 같다
기도는 끝에 머무는 것이다

얼어붙은 호수에 박힌 털장갑 한 짝
흘려 쓴 문장 같은 먹구름의 갈기들

한번 기울어진 시소는 평형을 찾지 못하고
한쪽은 땅으로
다른 한쪽은 하늘로

무거운 쪽의 무게를 덜거나
가벼운 쪽에 더 많은 짐을 싣거나

눈송이 하나가 안구에 닿아 스러질 때
차가운 결정에 눈꺼풀을 재빨리 덮을 때

히말라야의 눈 속에는 얼어 죽은 새들의 시체가 가
득하지

높은 추진력을 얻지 못한 새들은 산꼭대기를
넘지 못하지 산꼭대기만큼
높이 날아오를 힘이 없는 새들은
눈 더미에 몸을 박고 버둥거리다가 죽어 가겠지

하늘로 오르지 못하는 기도가
교회의 첨탑을 타고 흘러내린다
첨탑에 끈적끈적하게 들러붙는다

하느님은 얼마나 큰 안테나를 가지고 있을까
저 수많은 용서와 저주를 담아내려면
지구의 둘레만큼 넓은 귓바퀴를 가지고 있을까
밀폐된 기도는 허밍과 같은 것일까

모든 용서는 증오보다 고통스럽다
증오를 포기하는 자리에 용서가 들어선다

심장에 금이 갔다
심장 아래 피가 고여 있다

천장을 뚫고 나가지 못하는 기도
구름의 발바닥에 닿아서 흐물거리는 기도
기도가 웅웅거린다

미래 서사

보고 있습니다
보고만 있어요
아무것도 하지 않는다는 구절이 여러 번 눈에 띄네요
염려되지만
알아서 잘하시겠죠

시간 나면 전하려 했는데
네가 힘들 때 신경 쓰지 못해서
미안해
......
나타나지 않는다
시간은

*

광주에서 만난 안젤리나는 말레이시아 사라왁 지역
에서 태어나 시인이 됐다
사전을 옆에 두고
제국의 언어로 적힌 그의 첫 시집을

떠듬떠듬 읽으며
캄보디아 학살터를 지난다
내가 나기 전부터 나는 공모자였다
그 사실을 알기까지 너무 오래 걸렸다
나의 모국어에는
갑자기 문득 불현듯 같은 단어가 많아서
미처
생각할 겨를도 없이
나도 모르는 사이……
제국을 받아 적었으나
폭력은 더 큰 폭력을 부르고

국경을 넘는 버스에서
소년은 창가 자리에 앉아
팔짱 끼고
잠이 들었다
움찔거리다 깨며
또 잠들었다
잘 지내고 있지?

선배는 고향을 버리려고 애썼으나 고향은 검질기게
선배를 옭아맸다
반백 년 전 이 도시는 진압군에 의해 완전히 포위되
었다
수많은 거리와 건물이 대부분 사라졌지만
잡풀로 뒤덮인 골목길 끝
옛집,
도시의 층층이 한꺼번에 펼쳐지고 또 포개지며
죽은 자가 산 자의 몸을 빌리고

금빛 아름다운 잔에 담긴 술은 시민의 피요
옥쟁반에 담긴 귀한 음식은 시민의 기름을 짠 것이니
사랑 사랑 내 사랑아

정복자는 선주민의 의식뿐 아니라 무의식까지 지배
한다
불안을 부추기고
군수업을 키우고
군대를 조직하는 방향으로 몰아넣는다

좀비의 몸 좀비의 마음 좀비의 마을 좀비의 도시 좀
비의 나라
국경을 감시하는 경비대
다 알면서
세상은 흉흉하고
하늘은 푸르고
모두 욕심이 많아 흐릿하다

세월 가듯
멀구나
한심한 영혼처럼 멀리 있구나

국경을 넘을 때
순한 눈이 내려도 좋을 것이다

분절과 영원

이종민

우리는 역사에서 열차를 기다리고 있었다. 남쪽으로, 아무도 우리를 모르는 남쪽으로 가기 위해. 네 어깨에서 피가 흐르고 있었다. 그곳을 손바닥으로 힘껏 눌렀다. 따뜻한 것이 어깨인지 피인지 너는 춥다고 했다.

열차에 빈 좌석이 몇 군데 보였다. 붙어 있는 두 자리가 있었지만 양옆에 노인들이 앉아 있었다. 아무도 우리를 쳐다보지 않았다. 너의 손목을 잡고 맨 뒤 칸으로 걸어갔다.

내가 속은 걸까. 분명 나는 역사에 있었는데. 너와 함께. 과업을 이룬 동지인 너와 함께. 노인은 내 얼굴을 한번 훑고 지나갔다. 얼굴에 새하얀 분칠을 하고 입술 중앙 부분을 빨갛게 칠한 노인이었다. 어느 폐교의 교실. 나와 비슷한 용모를 한 사람들이 책상에 앉아 있었다. 앞에 앉은 자에게 노인이 질문을 했다. 대답하지 못하자 그의 볼에 입을 맞췄다. 그자가 비명을 질렀다. 내게 그날 그곳에 있었느냐 물어볼까 봐 겁이 났다. 그날 그 일을 내가 주동했느냐 물어볼까 봐 겁이 났다. 다가온 그가 문제를 냈다. *네 몸에 흐르는 것이 어떤 색인지 말해 보아라.* 눈을 감았다. 검은 공간에 그의 말이 글자로 나타났다. 자리를 박차고 일어나 나만 아는 노래를 불렀다. 과업을 함께 이룬 동지인 너와 나만 아는 노래를. 그러자 교실에 있던 사람들 모두가 함께 노래했다. 우리는 문을 열고 밖으로 향했다.

노동의 미래

미래가 없는 사람처럼 살고 미래가 있는 사람처럼 죽고 있습니다

오늘도 죽고 있습니다 매일 죽고 있습니다

떨어져 죽고 끼여 죽고 맞아 죽고 부딪혀 죽고 깔려 죽고 붕괴되어 죽고 있습니다

이 시각에도 땀 흘리다 죽고 피 흘리며 죽고 있습니다

미래?

죽음을 갈아 넣는 세계와 헛된 죽음의 죽음을 멈추지 않는 이곳에 미래가 있습니까

알버틴장미 사향장미 다마스크장미 백장미 캐비지 로즈 아일랜드의불꽃 아도니스 레이디리딩 스노우퀸 붉은 글자의 날 튜터장미 노수부 바스의 아내 토머스 베케트 에밀리 브론테 티 로즈…… 장미들은

오늘도 제 몫의 이름을 달고 피어오르는데

이름이 없는 사람처럼 살고 이름이 없었던 사람들처럼 죽고 있습니다

오늘도 죽고 있습니다 매일 죽고 있습니다

속사람에 쓰네
—전사 시인 김남주를 기리며

서수찬

두꺼운
우유 팩을
바르고 발라서
겨우 얻은 속지에 쓰네
세상의 속때를
닥지닥지 바른 나를
이 나이에 할 만큼 했어
뒤로 물러나 앉은 나를
시에도 정치색을
지워 가는 데 혈안이 되어 있는 나를
조합일에도 지부장
선거에 졌다고
반대파를 적으로 삼는 나를
바르고 발라서
속사람에 쓰네
거기에는
근사한 문학지가 아니더라도
노동조합의 노보에
즐겁게 시를 발표하고

파업 투쟁 때의 동지의 가슴속에
가투 나갈 때의 보도블록 위에
미군기지 반대 투쟁의
농촌 마을의 담벼락 위에
나는 사람을 노래할 수 있어서 기뻤네
나는 이게 일생을 갈 거라고 맹세했네
나는 이게 평생을 갈 거라고 자부했네
정신이 되지 못하는
맹세는 얼마나 허무하게 주저앉는가
자꾸만 늙은 나이에 기대고
할 만큼 했어 하는 자족에 기대고
단란한 가족에 기대는 나를
전사 시인이 직접 나섰네
일생이 정신인
죽을 때까지도 갈고 갈아서
뾰족해진 칫솔 끝으로
내 속사람에 쓰네
외롭게 버려두는 것은
나 혼자로 족하다고

당신이 아는 살아 있는 유일한
시인 전사를 더 이상
혼자 버려두지 말라고
내 속사람에 신신당부하네
사람 사는 세상까지
꼭 어깨를 같이하라고
속사람에
꾹꾹 눌러쓰네

매미와 바람

백우인

울음으로 지은 그늘 속 매미가 바람의 노래를 한다

바람,
그것은 웅성거리는 공기의 포개짐
빛이 비스듬히 떨리다 일렁이게 되지

바람,
그곳은 소리들이 여울지는 곳
빛이 휘고 돌아가다 출렁이게 되지

노래가 매미를 만들었는지 매미가 노래가 되었는지
불의한 세상 흔드는 합창
울어야 새 생이 돌아오는 것이어서
펄펄 끓어 넘치는 된장찌개보다 더 다급하다

바람,
그 시간은 일시에 쏟아져 내릴 소나기 같은 광기
세상은 피할 수 없이 휩싸이게 되지

바람,
그 후는 장엄한 폐허와 삭막한 찬란함
불모지도 시작을 낳느라 우글우글거리게 되지

뜨거운 증기 같은 것을 말리느라 간혹 되고 간혹 밭
은소리
그는 애초에 어지간할 생각이 없다
어떤 미래를 품고 웅크리고 있어야 했는지 알고 있는
매미는
'지금'이 마땅한 시간이어서,
온몸이 바람의 화살이다

화살이 난다
바깥으로 바깥으로

히어로

윤석정

매일 피로와 싸워야 했다 한시도 끌 수 없는 모니터에 빨려들다가 문득, 오늘이 또 다른 오늘이 되도록 일기를 쓰기로 했다 개인 블로그가 비공개 일기로 채워지리라 믿었는데 하루가 하루에 밀려 오늘에 이르는 피로한 오늘이 되었고 의자에 앉아도 일기장에 마음을 앉혀 둘 자리가 없었다

한때 몸속 깊이 잠재된 초능력이 나와 괴기한 사태를 해결하거나 남보다 멋진 연애를 하리라 생각했다 나이가 들수록 생각은 줄어들고 좁아지고 단단해지면서 초능력 비슷한 피로가 늘어 갔다 이변 없이 생각의 모퉁이가 접히는 저녁, 움푹한 소파에 앉아 졸면서 뉴스를 봤다 어느 날부터 이유를 생각하지 않았다 이유를 몰라도 매일 새가 울었고 눈비가 내렸고 바람이 불었고 나무가 자랐고 꽃이 피고 졌다 바닷물과 산불이 집들을 삼켰고 육지가 갈라졌고 용암이 들끓었고 잿더미를 뿜어냈다 세상 곳곳에서 폭력과 살의, 투쟁과 전쟁이 멈추지 않았다 피로는 딴생각을 말끔히 씻어 줄 궁극의 치료제 같았다

돌아보니 시간의 노예라는 말이 맞는 삶; 모니터 앞
에서 졸다가 일기장 귀퉁이에 써 놓은 문장을 보았다 무
력감에 쫓겨 왔지만 무작정 살기로 했다 다시 일기를 쓰
기로 했다 히어로가 될 때까지

택시

이용임

서울 대연각호텔에 불이 났을 때를 압니까 군대 있을 적이라 대민 지원을 갔거든요 사람 많이 죽었습니다 도망갈 길이 없는 사람들이 고욤나무 열매처럼 창문마다 매달려 있었어요 타닥 후다닥 여자며 애며 셀 수 없었어요 타닥 후다다닥 팔힘이 없는 사람부터 하나둘 떨어졌지요 타닥 다다다다 버티다가 못 버티면 떨어지는 거라 나는

나는 거기가 18세기인가 했어요

가을볕은 가볍다
마치 불티가 날리듯

죽은 물리학자의 보고서에는 이렇게 적혀 있었다 과거도 미래도 없다 발이 걸려 나뒹구는 지금만 있을 뿐

방문을 열면 분을 바르는 내가 보얀 아침으로 나가고

이목구비 없는 풍경이 기어오른다 꽃이 제 손으로 문

지른 표정이

눈하고 이빨만 성하면 사는 거지요
아귀힘이 아니고요?
보고 이를 딱, 딱 부딪칠 마음만 있으면 지껄이는 혀
를 콱 씹을 힘만 남으면

땅에 떨어지면 잠깐 튀어 오릅디다 가볍고 연한 것일
수록 더 높이
보세요 다 추락하지 않습니까 저기 저어기

잡아먹은 빛을 물고 잎이 떨어진다 눈을 베는 것이 있
었다 입을 벌리니 끝탕이었다 흘흘흘 부러진 등뼈를 밟
고 택시가 튀어 나갔다

생동

안미옥

존재하려는데 아침이 되었다. 서랍엔 어젯밤 나무를 깎아 만든 기린이 들어 있다. 자세히 보면 기린보다는 목이 긴 말에 가깝다. 꺼내려고 하자 기린은 서랍과 딱 맞아떨어졌다. 빈틈을 없애려고 기린은 조금씩 목을 늘인 것 같았다. 선물을 주려고 만든 것이다. 할 수 없이 빈손으로 나가게 되었다. 마음은 그렇지 않았다. 처음엔 그렇지 않았다.

만나기로 한 사람은 오지 않고. 자전거를 탄 아이들이 골목에서 우르르 쏟아진다. 아이들보다 더 크게 목소리가 남는다. 나는 커피잔을 앞에 두고 자전거 바퀴를 세어 보았다. 바퀴는 백번을 굴러도 하나다. 아이들과 바퀴의 숫자가 맞지 않았다. 착각은 둥글다. 오지 않는 사람도 움직이고 있을 텐데 보이지 않았다.

시간이 없다고 말하면서 시간 속에 오래 머물러 있었다. 한낮과 한밤의 미로를 그리고 있었다. 입구와 출구도 내가 그렸는데. 다 그린 후엔 잘 구분되지 않았다. 폭우와 뙤약볕이 뒤섞인 창문. 안을 들여다볼 수 없는 문도 여럿 있다. 이제 벽은 부드럽게 견고해질 차례다. 꽃잎을 차곡차곡 쌓아 만든 벽. 노래는 부를 줄 알았지만 부르지 않았다.

　잠에서도 도망칠 곳이 필요하던데. 꿈은 곧잘 도망치던데. 내가 앉아 있던 의자는 한 자세로 기울어졌다. 다리가 부러진 목각 기린 같았다. 누군가 억지로 꺼낸 것일까. 뒤집힌 손바닥. 비틀린 햇빛. 헛발은 생생했다. 사각형의 투명한 수조가 물에 잠겨 있다. 삶에는 내용이 없다는 말, 이해할 수 있었다.

새 떼는 날지 않는다

안주철

이제 여기까지만 삶이라고 말하자
여기까지만

세상에서 나 홀로 누린 기쁨
다 거품이었지만
새 떼는 하늘에 정지하고
나는 세상에서 조금씩 사라지기 시작한다

세상에서 뚜렷하게 사라지는 사람으로
어쩌면 희미해져 가는

빛이라고 할 수도 없고
어둠이라고 말할 수도 없는 삶을 살았다고 해서
원망할 것도 두려워할 것도
미안하지만 없다

사랑한다
믿지 않지만 사랑하는 이유?
묻는 사람도 없지만

혼자 질문하고 혼자 대답한다고 해서
더 불행한 것도 아니고
더 외로운 것도 아니다

사랑한다
새 떼가 날아가듯이
새 떼가 날아가면서 새 떼의 모양을
떠올리지 않듯이

로켓배송

서광일

아빠는 로켓맨이야 어둠 속을 담당하지
눈이 부시도록 강렬한 빛의 뒤편을 타고 가
하루가 저물 무렵 물류창고로 모여드는 바람
모두 잠든 후에 뛰면 더 많이 벌 수 있을 거야
아무 걱정 하지 마 문을 열자마자 눈앞에
기다리던 상품이 가볍게 아침을 열어 줄 테니
해가 뜨기 전에 오늘의 물량을 마쳐야지
삼 개월 동안 십 킬로그램이나 빠졌지만
매일 개처럼 뛰어다니느라 그런 것뿐이야
한 마리 그레이하운드처럼 우아하게 이집 저집
넘어 다니는 꿈을 꿔 땅을 박차고 잠깐 날아올라
4층에도 5층에도 정확하게 착지할 수 있다면
아빠는 설렘을 배송 중이야 시스템 일부가 되었지
좀 더 벌 수 있을 것 같아서 날마다 진이 빠져
아침에 퇴근하는 사람들은 머리가 탑차처럼 무거워
눈이 쏟아지는 듯 빠지는 듯 겨우 몸을 침대에 눕혀
네모난 창이 기울어지고 바닥이 울렁거려도
쉴 수 없어 물류 시스템 안으로 들어온 이상
아파도 슬퍼도 포장된 택배는 쉴 새 없이 쌓여

이대로 무너지게 놔두진 않을 거야 일머리가 쌓이면
어디든 빠르게 갈 수 있지 수익도 훨씬 늘어날 테고
밤은 조용하고 아름다워 누구도 간섭하지 않고
아무도 마주치지 않아 아빠는 로켓배송 중이야
속도가 너무 붙었는지 심장이 터져 나가는지
발사된 로켓처럼 지구를 떠나 별들 사이를 헤매
돌이킬 수 없는 궤도로 영원히 이탈해 버렸지
돌아갈 수 없도록 폭발해 버렸지

사라진 세계의 아름다운 책들과
세계의 섬

김학중

1

이곳은 사라진 책들의 마을
세계에서 잊히고 버려진 책들이
압축기에 들어가 사라지기 전에 남겨진
그 책의 마지막 판본들이 흘러와 이룬 마을

사라진 세계의 아름다운 책들과 망각된 자들의 섬
세계의 섬

이곳 사람들은 그 책들 모아 담장을 만들고
책들로 세운 벽에 지붕을 올려 집을 만들었다네

집들과 벽들이 모두 이웃한 책장인 세계
그 섬에서는 누구도 책으로 세울 수 있는 높이를 넘
어선 집을 짓지 않았네

2

이 마을의 사람들은
사람들이 사라진 책의 존재를 잊어 가던 무렵

함께 망각된 존재들

그들은 그 책을 이루고 있는 페이지와
그 페이지의 언어들에 자신을 씻은 자들
그들은 그 책들이 자기를 빚은 자기만의 존재의 집임
을 알았다고
그렇게 전하지
여러 다른 세계에서 다른 피부색을 가진 사람들이
모여 만든 마을
너무도 천천히 형성되는 바람에
기억의 폐허에 세워진 마을

이곳에선 다른 세계에서 빠져나간 아름다운 마음들이
서로의 이름을 끝까지 기억하고
누구도 기억하지 못하는 책들의 목록을 노래로 만들어
이어 불러 오던 곳
마을 사람들은 자신들의 존재를 지은 언어로 노래하고
그 노래로 매일의 몸을 씻었지
사라진 세계를 살아가기 위해

물로 몸을 씻지 않았다네
그들을 이룬 마을의 책들이 물로
언어를 씻지 않듯이
서로 다른 언어들로 씻긴
서로가 유일한 언어의 부족인
마을의 후손들
그 후손과 후손들의 마을

그들은 인간이 말들로 서로 다툼을 벌이기 이전으로
돌아가
서로를 포옹하는 부족이 되었지

책의 부족이 이룬 유일한 회복의 세계

책들이 서로 기대고 포개어져
서로의 무게를 받아 주듯이
서로를 지탱해 주는 거대한 사물의 책장

사라지고 사라지다

연기된
사라진 세계의 섬

세계의 바깥이 여전히 도착 중인 바깥의 섬

3
섬을 지나는 세계의 바람만이
그 섬의 노래를 바깥으로 흘려보냈네
바람 속에 남은 사라진 세계의 언어에

지금 여기의 세상이 씻기는 줄은 아무도 알지 못했네

2부
당신이 내게 덮어 주고 간 외투

재의 사람

박주하

물에 넣으니
본래부터 물이었던 것 같고

흙에 뿌리니
본래부터 흙이었던 것 같아서

늘 곁에 있어도
끝내 알아채지 못했던

봇디창옷*

서안나

말은 사람에게 상처 입혀 무릎 꿇게도 하지만
봇디창옷은 아픈 곳을 감추는 소매가 긴 저녁이 되
기도 합니다

점점 사라지는 제주어를 적어 보는 봄밤
제주의 아이들은 정작 제주어를 모릅니다

나이 든 어머니와 옷장을 정리하다 낡은 봇디창옷에
손이 갑니다
봇디창옷에 뭉클거리는 오 형제가 검은 배꼽을 오똑
내놓고 누워 있습니다

어머니와 나는 할 말이 많아집니다
어머니의 제주어에는 뼈를 버린 사람이 삽니다
눈과 입에서 웃음이 먼저 번지는 어머니
세상의 모든 국경이 삶은 국수처럼 무너집니다

바람 든 콥데사니** 껍질 같은 어머니의 귀에서
아이들이 옷을 벗고 물뱀 되어 흩어지고

맞춤법에 걸린 바당과 할망당 심방***들이 제물 차롱을 지고

징게징게 꽹과리를 치며 걸어 나옵니다

어미가 물애기****에게 소매가 긴 봇디창옷를 입힌 마음

80년 된 콥데사니 같은 알싸한 제주어가

내 눈에도 뾰족하니 돋습니다

* 귀한 아기에게 소매가 밤처럼 긴 옷을 삼베로 만들어 입힌 어미의 마음. 어미는 아기가 전생의 기억을 지우는 동안 깃과 섶을 달지 않고 기다리지.

** 제주에선 콥데사니를 제사 음식에 쓰지 않지. 콥데사니라고 부르면 제주의 제삿날이 마늘처럼 매워지네.

*** 신을 모시는 심방들이 징게징게 굿하는 날 신도들이 준비한 제물 든 차롱을 굿당에 나란히 올린다. 억울하게 죽은 저싱 사름을 위해.

**** 물애기라고 부르면 나도 물렁거리는 진흙 덩어리가 되네.

창공에서 쏟아지는 4월의 아이

장석원

꽃이 걸어온다
붉은 냄새 소곤댄다

빈 하늘 아래 서서
나의 병을 읽는다

탄환보다 맹렬한 사무침이 있을까

너는 사위어 가며
살아남은 나를
혼자인 나를
응시하고 있다

내 곁에 없는 네가
거기에 있다 죽음 속에
살아 있다 너의 낯
낯처럼
화염花焰을 피운다

입 안에서 비만해지는 바다
맴돌다가 부서지는 이름 거품

만월의 울먹이는 표정으로
네가 잠든 맹골수도를 바라본다

너는 언제 눈감았을까

네가 너무 많아서 내 눈에 채울 수 없고
네가 너무 작아서 내 눈에 물거품 이는데

돌아오라 돌아오라 뇌이고 뇌인다
하늘 열고 네가 내려온다

환영

비의 주름

주민현

비 오는 날엔 비 오는 모양을 구경해
주룩주룩 비가 쌓이는 소리

비가 내려와 꽂히는 소리
천둥은 어디서 시작되어 어디서 끝나나

꽂은 꽃병에 종이와 비닐은 각각의 수거함에
꽃은 다른 꽃 위에 쌓이고

주검과 주검 쌓이는 소리
각각 쌓이겠지

각각은 산에서 바다에서 왔으리

하늘을 올려다보면
비와 구름의 아주 작은 형태

아래를 내려다보면
사람과 사람이 모이고 흩어지는 형태

귀를 모으면 땅 아래서
하늘 위에서 투쟁하는 소리
죽어 가는 소리 학살하는 소리

뭉개는 소리
뭉게구름이 지나가는 소리

시간을 쪼개면 사람을
구할 수 있지 시간을 나누어 쓰면 아니
시간을 넓게 펼치면

사람이 태어남과 죽어 감은
병치될 수 있지

인간의 더미
각각의 조각난 인간의 더미 더미들

각각을 쪼개면 각각은 하나 이상이 돼

산업을 만들고 타워와 전기를 만드는
사람과 사람이
각각 흩어져도 각각 하나 이상이듯이

누군가 지어 올린 타워에서
밥을 짓고 창밖을 구경하고

누군가 만든 종이비행기가 떨어지고

들리니? 귀 기울이면

오늘 밤
또 하나의 별이
인간의 대지 위에 떨어지는* 소리

* 김남주 「전사 2」(『김남주 시전집』, 창비, 2014).

보는 것을 보는 것을 보기

(이 꿈을 기억하지 못하리라는 것을 꿈에서 알았다
나는 사람들과 함께였다

모든 것은 조금씩 미끄러지듯 가라앉는다
그리고 또 익숙해진다)

돌 구르고
물 흐르고

차에 탄 사람 하나가 굴러떨어진다

차는 떠나고
남은 사람은 조금씩 미끄러지듯 가라앉는다
그리고 익숙해질 것이다

뭘 봐, 구경났어?

누군가 소리쳤고, 구경이 중단되었고, 사람들은 사람
들이 보는 것을 보고 있었다

하지만 물이 저렇게나 푸른 걸요 사람이 빠진 물이
저렇게나 푸르다구요 항변하는 소리가 있고, 그 소리는
잠시 울리다가 사라지고

절대 이 모욕을 잊지 말자
어떤 사람은 물속에서 생각을 한다

비 내리고
차 떠나고

(나는 이 꿈에서 곧 깨어나리라는 것을 알았다 꿈 밖
에서의 경험이 꿈에도 때로는 도움이 되는 것이다)

나는 꿈에서 본 것을 글로 썼다

제대로 기억나는 것이 없어 대부분을 지어낼 수밖에
없었지만 나는 사람들 속에 있었고
사람들은 차를 타고 미끄러지며 어딘가로 가고 있었다

Von

전호석

바위 하나가 길을 막고 있다
돌아갈 수도 없고
그런데 이 바위는 언제부터 있었지

간밤 꿈에서 변기통이 넘쳤다 벌레가 쏟아졌다
친숙했다

아름답고 흉한 일들이 벌어지는 이유
알 수 없음

바위는 혼자 옮길 수 없을 정도로 거대하기 때문에
기뻐할 필요도 걱정할 필요도 없다 그저
바위가 사라지기를 하염없이

아무것도 하지 않으려는 사람처럼 그러므로
무엇이라도 할 준비가 끝난 사람처럼

기다려야 한다
천천히 따라오고 있는 새까만 나의 친구

계절이 흘러갈 것이다

인그로운

사랑만이
겨울을 이기고
봄을 기다릴 줄 안다
—김남주, 「사랑」

안지은

추운 날엔 외투를 입어야지. 당신이 내게 건네는 인사. 당신이 내게 덮어 주고 간 외투, 툭툭 가벼운 어깨 터치. 그때의 손바닥들을 주머니에 오랫동안 넣어 두었어요. 이상하죠? 오늘은 어제와 다름없는 날인데, 외투를 쥐면 오늘부로 달라질 것이라는 희망이 생겨요. 주먹을 쥐고 광장으로 향해요. 광장은 사시사철 푸르지만, 언제나 춥고. 멀뚱히 내 손만 바라보다가, 당신이 남기고 간 문장을 곱씹으며 광장에 손바닥들을 전부 쏟았어요. 당신과 나의 경계에서 불은 가장 잘 타오르니까요. 추위를 견딜 수 있는 불. 불을 지피며 다짐을 합니다. 외투를 모르는 사람들에게 외투를 건네겠다고. 불타오르는 손바닥 위로 새 떼들이 피어올라요. 새 떼들을 쫓으며 맨몸으로 불 속을 뛰어다녀도 당신을 닮고자 하는 나의 그림자는 더욱더 짙어지기만 해요. 연기로 가득 찬 허공, 이곳을 나의 고향이라 부를 수 있다면. 손바닥이 있던 자리에 날개가 돋아날까요? 나는 새의 포즈를 취할 수 있을까요? 연기는 끊길 듯 끊기지 않고 계속 이어지고, 그것을 보면서 나는 다시 태어날 거라 다짐해요. 그 순간, 나의 뼈는 계속 자라나고.

　외로운 손은 오로지 나의 것이지만, 외투를 건네는 것을 주저하지 않고.

거북목

서효인

　오래전부터 거북이는 좋은 것이라 배워 왔다. 노력과 성실의 상징이다, 거북이는. 겸손이라고는 티끌만큼도 없는 토끼를 제치고 승리를 쟁취했다, 거북이는. 거북이는 느리지만 포기를 모른다. 거북이는 느려빠져서 오수에 빠진 토끼를 깨울 새가 없다. 목은 언제부터 거북이가 된 것일까. 늦은 점심을 하러 거리를 걷다 빈 가게 통창에 거북이를 본다. 느리지도 않고 끈질기지도 않은 거북이가 느릿느릿 길을 건너려 하고 파란불이 7초 남았으니 그냥 다음에 건너자 마음먹고 느리지도 빠르지도 않게 친구도 토끼도 없이…… 얼마 전 건강검진에서는 체지방은 표준보다 가히 많고 근육량은 표준보다 극히 적다 하였다. 등껍질만 있었다면 이런 치욕은 없었을 터. 어제는 3년 아니 5년 만에 만난 지인이 그사이 몸이 좀 불었냐고 물었다. 덕담은 아닌 것 같다. 하긴 예전부터 토끼 같은 새끼였다. 몸이 문제고 자세가 문제며 특히 목이 문제다. 목은 아주 천천히 제법 성심껏 휘어졌다. 문제를 풀기 위하여 등에 단단한 백팩을 진 채 기우뚱한 자세가 되어 세상을 두루 보는 것이다. 파란불인지 빨간불인지. 내 것인지 네 것인지. 이득인지 손해인지. 돈이 되는지 안 되는지. 아득바득 아등바등 깡충깡충 엉금 엉금 찬찬히 급하게 끝까지 도중에 기어코 마침내……
장수하며 살피느라 단명해도 헤아리느라 모가지가 이 토록 길어져서는 뒤도 돌아보지 않고 오로지, 이 자세가 좋은 것이라는 믿음으로

올해의 슬픔

김경인

요즘은 슬픔이 유행이라더군
바깥에 그냥 두어도 썩기는커녕
몇 달 동안 말랑한 떡 같다더군
주소지만 정확하게 적으면
눈물이 마르기 직전에는 도착한다더군
아버지와 아들이 함께 불탄 자리에도
지하철의 스크린도어와
쉴 새 없이 죽음을 돌리는 컨베이어 벨트에도
울긋불긋 눈이 터진 매를 맞은 여자와
심장이 터진 아이에게도
집집마다 위태롭게 올려 둔
종이 박스가 한순간 무너지는 것처럼
딱 그만큼의 슬픔이 제공된다더군
슬픔에도 사람마다
피와 분노와 고통의 농도가 제각기 다른 시절도 있었
다지
암, 옛날 일이고말고
요즘은 다 표준화되었으니까
어제 보낸 슬픔이

오늘 도착하지 않을까 걱정할 필요가 없다더군
배송하던 사람이 갑자기 과로사한다 해도
고객님, 오늘은 제가 장례 중이어서
유령이 대신 배송 완료합니다,
양해 부탁드립니다.
슬픔은 빠르게 냉동 상태로 배달된다더군
정확하게 슬퍼하고 싶다면
정량만을 주문하면 된다더군
그러니 나는 이제 나 없는 슬픔에도
함께할 수 있게 되었다는군

불꽃놀이

식탁 위에 휴대폰을 거치해 두고
딸과 우동을 먹는다
불꽃축제가 벌어지는 한강변과
미사일이 건너는 요르단강은
지척이다

폭죽이 조명탄처럼 연인의 얼굴을 비출 때
개들은 다리 사리에 꼬리를 감추고

가자 지구에 터지는 폭탄이
문득 불꽃놀이처럼 보인다

가족 중 유일한 생존자
탈라는 열한 살
파편 자국 검게 박힌 얼굴은
봉쇄되지 않은 날을 살아 본 적이 없다
탈라의 티셔츠에 새겨진
금발의 CUTE GIRL
나를 보며 윙크하고 있다

외면하고 딸과 마주 앉아 우동을 먹는다
미국과 중국과 인도와 필리핀의 노동자가
오늘 CJ가쓰오우동 한 그릇에서 만나고
불꽃축제에 가고 싶은 열두 살은
귀신보다 전쟁이 더 무섭다 한다

분꽃 진 자리마다 맺힌 씨앗들
작은 수류탄처럼 보이는
시월의 밤

방울벌레와 올리브나무는 국경을 묻지 않고
잠든 소녀와 분꽃 향기
봉쇄된 장벽을 넘는다

하얀 사슴

김현

새까만 밤이었다
제주의 감귤나무 사이로

하얀 사슴들이
나타났다

순백이나 결백이나 자백이 다 그러하듯
오염된

사슴들은
감귤잎을 뜯어 먹었다
뿔이 잘린

하얀 사슴들 그래서 영검한 기운도
정백한 빛도 다 사라져
가축이 되어 버린
인간의

손을 타면

뭐든 다 더러워지고 망가진다는 얘기를
내게 처음 해 준 사람이 누구였더라

언제였더라
그 예언이
다 맞는 말이라는 걸 깨달은 게

이런 것을 생각도록 하는
오염된 가축들이
밤의 도로 위를 줄지어 걷는다
그들 옆으로 차들은 무심히 달리고
안개가 점차로 짙어진다
사슴의 형상으로
사슴을 다 잊을 때까지
더러 운전대를 잡고 차를 몰며 잠에 빠지는 사람
꿈속으로 하얀 사슴들이 출몰한다
티 없이 아주 깨끗한 흰빛
소복을 입은 여인이 종을 흔들며
손짓한다

이리 와요 따라오세요
하얀 사슴들이 뿔을 치켜든
안개 행렬은
멀리 오리 밖까지 뻗치고 있다

이런 이야기를 짓게 하는 하얀 사슴들은
동물체험농장에서 탈출한 가축들로
귀신도 쓸쓸하여 살지 않는* 그 농장에는
양과 말
꿩과 닭
청계와 거위
토끼와 공작
갓 태어난 병아리와 죽은 개체
인간이 뒤엉켜 있었다

제주시와 제주도자치경찰단은
농장주를 상대로 축산법과 가축분뇨법, 건축법 위반
여부 등을 조사하고 있다고
밝혔다

어디로 갔을까?

울타리를 넘어
감귤밭 사이를 지나서
안개에 힘입어
순례를 시작한 그 흰빛들은
더러 인간의 탈을 쓰고
마음에 하얀 사슴을 품은 채

*정지용의 시 「백록담」에서 인용.

양아치

최백규

열여덟이 되고
목소리를 잃었다

욕을 뱉듯이
교실 문을 밀고 뛰쳐나왔다

함께 음악을 하던 친구는
캐나다로 떠나 마약 사범이 되고
나는
일용직에서 자주 돈을 떼였다

학교 뒤 전봇대에 기대어 버려진
전신 거울 속 내가
갈라졌다

부서진 책걸상처럼
붉은 발로
조용히
견디고 서 있었다

앞으로 걸었다 몇 개의 구름과 몇 개의 여름이 지나
갔다

텔레비전에서 성공한 동갑내기들이
운이 좋았다 말하면 화가 났고

그렇게 사니까 아직도 그 모양 그 꼴이라며
주정하는 동네 형에게 반박하지 못했다

셋집 창으로 비치는
하늘이 너무 높아
형광등이 나가도 괜찮았지만

애인마저 도망치고
다음 날 아침 눈을 뜨자
세상은 캄캄했다

도대체 얼마나 더 제대로 해야 올라설 수 있을까

비룡이발소와 미소다방 사이 웅크려 앉은 무언가 찢긴 채 시들어 가고 있어서

오후의 햇빛이 눈 안에 한가득

밀려들었다

언제인지 모르게

신용목

나는 아들에게,

따뜻한 것을 말한다. 무릎 담요에 대해 모자에 대해
풀밭에 대해 바람에 일렁이는 여름 숲과 여름에

아무도 사랑하지 않았다면
오지 않았을

가을을. 가을이 왔다면 여름 동안 누군가는
사랑을 해서

끝없이 펼쳐진 풀밭 위에 무릎 담요를 펴고 모자를
쓰고 서로를 앞에 두고
　서로를 찾는 긴 고독의
　여름. 그것은 카드놀이에서 죽은 자의 눈과 가자 지구
에서 죽은 자의 눈이 같은 것을 보는 것과 같은
　여름, 숲에서 누군가는 사랑을 해서

풀밭이 있고

바람이 불고
가을이

오고, 그것은 카드놀이에서 죽은 자가 다시 패를 돌리고 가자 지구에서 죽은 자가 다시 죽는 것처럼
가고, 아무도 그립지 않았다면

오지 않았을

겨울이 와서, 사랑의 집에서 불을 피우고 바라보면 불은 빨갛게 타고 있는 가을 숲 같은데
하얗게 겨울을 남기는 가을 같은데

아들은 나에게,

차가운 것을 말할 줄 알았으나 무릎 담요를 무릎에 올리고 모자를 벗고 일어서는 풀밭으로 손바닥을 펼치며,

나는 지옥이 불타는 곳이란 사실을 믿을 수 없어요.

이렇게 따뜻해서

언제인지 모르게 여름 풀밭에서 베인 살갗에서 빨갛게 불꽃 같은 것. 언제인지 모르게 내 몸속에서 시작된 가을 같은 것. 언제인지 모르게 내 몸을 하얗게 비워 버린 마음 같은 것. 언제인지 모르게

재가 날리고
눈이 *와요*. 창문으로 달려가는 것. 바라보는 것. 언제인지 모르게

너는 태어나서 자라고
나는 누군지도 모르는

너와 헤어져서 그립다.

높은 성

박다래

네가 창을 두드리는 소리에 눈을 뜬다
어느새 거실은 붉은빛으로 가득하다

네 맨발과 발목에는 모래가 박혀 있다

파도 자국이 남은 해변
창밖에는 조형물들이 세워져 있다
파도인지 공룡인지 혹은 무엇인지

이 지역에 공룡 발자국이 남아 있대 원한다면 내일이
라도 보러 갈까?

발자국이 있다고 해서 그것이 공룡이 살았다는 흔적
은 아닐지도 몰라
그냥 잠시 머무른 것일지도 우리처럼

너는 잿빛 수건으로 모래를 털며 말했다
마루 위에 서걱서걱 쌓이는 조각들

방 안에 목이 긴 그림자가 드러워진다

해변에 아직도 수많은 비치 타월이 깔려 있다
나는 젖은 흔적들을 바라보다가

달려온 길과 돌아갈 생활에 대해 생각하다
한 번도 돌아갈 만한 생활을 한 적이 없음을 떠올린다

어디선가 유황 냄새가 난다

붉은 파도가 수많은 발자국을 쓸고 간다
어느 것이 네 발자국인지 알 수 없었다

창밖의 빛이 조금씩 사라진다
안은 형광등 불빛으로 환하다

반신반인의 오른손잡이

신들의 공허가 나를 있게 했지
오딘의 텅 빈 안와와
예수의 옆구리에 난 구멍과
석가모니가 마시던 우유죽으로부터
나 태어났지
모든 신이 나를 만들었지

파리스가 황금 사과의 주인을 고르는 순간, 스카디
가 가장 아름다운 발을 선택하는 순간, 세트가 오시리
스를 토막 내는 순간 신들은 모든 선택을 비웃었고 그
틈을 나는 미끄러져 나왔다 미끄러져 나오는 동안 전쟁
이었다 창조였다 재해였다 죽지는 않아도 다칠 수는 있
는 몸을 가져서 제우스는 허벅지를 갈라 디오니소스를
품었고 오딘은 눈을 뽑아 지혜를 얻었으며 마고할미는
물의 깊이를 재려다 사라졌다

그래서 나는 불완전한 것
비어 있는 것
규칙 없는 칼자국으로 가득한 것

오른손잡이의 왼팔에 흉터가 있다면
그것은 대개
…
…
.

싸움의 흔적이 분명하다.

신들 가라사대 명예를 위한 싸움이란 나설 필요가
있는 것이매 누군가 너를 욕보이거든 그 자의 왼뺨을 오
른손도 모르는 속도로 쳐 버려라 주먹이 왜 있는 것이겠
느냐 발은 걷어차기 위해 너에게 달아 준 것이니 오른손
에 칼을 쥐는 대신 용맹하게 소리를 질러라

해일 같은 목소리로 산사태처럼 외치기 위해 나는
있다

신들의 싸움은 명예를 위한 것
그래서 천둥이 치고 번개가 빛나는 것

제우스가 번개를 던졌군
토르가 고함을 친 모양이다
칼리 여신의 해골 목걸이가 달그락거리듯 땅이 흔들
린다

이 재앙 속에서도 나는 칼자국으로 살아 있다

빛과 땅이 부딪힌다
인간들은 그것을 번개라고 부른다
나는 그것을 신의 빈틈이라고 부른다

58분을 알리는 종이 울리고

장미도

이것은 우연의 부산물처럼 느껴집니다 청설모는 밤이면 토끼로 변하고 토끼는 새벽에 사라집니다 여기 1호 상자만큼의 믿음이 있습니다 58분마다 울리는 종탑이 있습니다

부정하는 사람

광장에서 토끼로도 상자로도 변하지 않는 사람이 상자를 잘라 만든 피켓을 들고 서 있습니다

체스판 밖으로 떨어진 나이트를 알고 있습니까 종탑의 꼭대기에서 추락하는 종소리처럼
발을 밟혀도 화내지 않는 사람이 될 수는 없습니다

사월에도 눈이 내렸다고 적는다

어떤 날에는 상자를 찢었고 잘 알고 있는 밤이 다시 오기를 기다렸지만 매번 새로운 밤이 문을 두드렸습니다

종탑은 2분의 오차만큼 그곳에 있었습니다 믿지 못할 날씨였다 우리가 한 몸이라고 생각할 수도 있는 날씨입니다 그러나 벽돌로 쌓은 종탑의 꼭대기에서 흰 새가 광장을 내려다봅니다 광장에는

개를 데리고 나온 사람과 사람을 움직이게 만드는 개가 있습니다 막대기 또는 원반을 향해 마치 계획한 것처럼 발사되었을 때 새는 눈이 붉어지도록 길게 울었고

사람들은 오차만큼 느리게 걸었습니다 빠르게 걷는 시간보다 느리게 살아간다 해도

광장 한편 죽은 그것은 청설모이기도 하고 토끼이기도 했습니다 하루가 끝나면 종이 울리고

곧 정각이 올 거라고 모두 믿고 있습니다

해밀*

조성웅

진창 속에서도 씨앗처럼 단단해지는 마음이 있다

창처럼 뾰족해지지 않았다
비 개인 맑은 하늘을 쏙 빼닮았다

2004년, 생애 처음으로 자주색 투쟁 조끼를 입은
현대중공업 하청 노동자들이 현장 중식 집회를 열었다
비 개인 맑은 하늘이 내 가슴에 뜬 날이었다

지금은 세상에 없는 나만의 연덕흠 열사도 있었고
2022년, 대우조선 하청 노동자들의 공장 점거 파업에
참여했던 내 친구 김덕용도 있었다

하청 노동자도 인간답게 살고 싶다는 씨앗
씨앗 한마음
씨앗 두 걸음이 사귀어 일으키는 삶의 화학 작용,
연덕흠 열사의 절박한 마음 곁에 해밀
내 친구 덕용이의 간절한 몸짓 곁에 해밀
저 외침 곁에 해밀, 저 깃발 곁에 해밀, 저 긍지 곁에

해밀
  그런 날이 오는 것이다

  내 이십 대 후반, 죽어라고 학습하던 시기에
  러시아 어느 지역의 볼셰비키 당원들의 평균 나이가
이십 대라는 것을 읽고
  가슴이 벅찼던 기억이 있다
  올해 쉰여섯인 나이에 내 이십 대를 되돌아보면 뭣도
모를 나이인데
  뭣도 모르고 덤벼드는 것이 혁명이었다

  뭣도 모르고 눈빛이 맑아지고 뭣도 모르고 몸짓을
바꿔 춤을 추고 뭣도 모르고 인간에 대한 예의를 배우
고 뭣도 모르고 숨통 같은 우정을 배우고 뭣도 모르고
제도로 굳어진 명령을 거부하고 뭣도 모르고 무작정 평
등에 이르고 뭣도 모르고 삶을 뒤집어 축제에 이르는 것
이다.
  혁명은
  흥에 몸을 태워 어디로 튈지 모르는 자유로운 몸짓이

다. 살아 보고 싶은 모든 가능성들이 몸에 착착 감기는
날이다.
　혁명은

　오늘은
　바닥이었던 삶이
　비 개인 맑은 하늘로 몸 바꾸는 날이다
　오늘은
　비 개인 맑은 하늘이
　모든 종의 피부색을 바꾸는 날이다

　지금 여기
　새로운 인류가 태어나는 시간,
　파랑 파랑 파랑

　파랑, 진창으로부터 비상한 해밀처럼
　생의 태초는 언제나 뒤집어엎는 거다

해밀

함께 비 맞으면 비 갠 하늘 더욱 밝고 푸르네

* 국어사전에는 등재되지 않았으나 길동무 돌쑥을 통해 내게 전
  해진 '비 개인 맑은 하늘'을 뜻하는 순우리말. 손에서 손으로 전
  달됐던 비합법 소책자처럼 돌쑥은 '해밀'을 붓글씨로 써 길동무
  들에게 선물하곤 했다.

전문가
—백사시옹

휘민

죽음이 숨골을 찍어 누를 때
숨이 막혀 더 이상 폐를 움직일 수 없을 때
그의 뇌는 어떻게든 살아남으려 애쓰고 있었다

기억 속 어디쯤, 자신이 지나온 날들의 어디쯤에
비슷한 상황이 있었을까
놓쳐 버린 필름처럼 되감기는 날들
순식간에 아무것도 기록되지 않은 필름의 맨 처음까
지 가 보지만
그의 뇌는 해답을 찾을 수 없었다

하는 수 없이 그의 뇌는 태어나기 전의 자신으로 돌
아가 보기로 했다
스위치를 끄고 어둠과 정적 속에서 누군가
다시 자신을 낳아 주길 기다려 보기로 했다

덜컹거리며 어둠 속을 달리는 만원 지하철
노이즈캔슬링 이어폰을 끼고 기계와 한 몸이 되어 가
는 사람들이 휴대폰 액정을 응시하고 있다

일관성 없이 흘러오느라

수미상관은 잊은 지 오래인데 앞뒤를 분간할 수 없는

이 열차는 어디로 가는 건지 알 수가 없고

그래도 어딘가에 희미한 빛이 있을 것 같아 곁을 돌아보면

한 량 가득 온통 나, 산소호흡기를 낀 채 침대에 누워 있는 백수白壽의 나

깜짝 놀란 그의 뇌는 어떻게든 죽어 보려 애를 쓰지만

그 순간, 띠디 띠디릭

다시 리셋!

이 동기를 840회 연속으로 연주하시오.

*미리 준비하고 절대적인 침묵 속에서 미동도 없이 연주하시오.**

여기가 끝이라고 생각했는데

끝이 자꾸 도망간다

누군가 또 죽음을 연장하고 있다

* 에릭 사티의 곡 〈벡사시옹(Vexations)〉에서.

전지

가로수의 머리를 자르고 있다.

횡단보도 맞은편에서

지켜보는 사람이
목덜미를 어루만진다.

늘 어딘가
제대로 도착할 것만 같은 날이
멀찌감치 떨어져 있지만

손에 쥐어질 확신이란
바닥에 팬 주름만큼이나
불편할 따름이라서
다른 뜻은 없다는 말이 신호에 걸려 머뭇거린다.

전지된
폐목

쌓이고

보도블록의 평온을 가장한다.

누구도
가까이 다가서지 않는다.

멀지 않은 곳에서 일어난 지진과
폭우와 폭설에 관해

물을 긷기 위해 하루 여덟 시간을 걸어야 하는 삶에
관해
상상하지 않는 것처럼

겨우 한 줌의 우리가 가지에 매달려
흩날리고 내리꽂히고 가라앉고

더는 어찌할 수 없을 정도로 엉망인 채로
빛그늘 안에 엉켜 있다.

기어코
잘라내는 최선

홀로 빛나는 상처가 아물 때까지
짓밟히고 있다.

신호가 바뀌고

지켜보던 사람이
발을 딛는다.

건넌다.

저 끝에서
새카맣게 잊고
더미에 걸려 넘어질지라도

가 보기로 한다.

전지 폐목재 수거 처리 중입니다.

오늘도 이상 무입니다.

다들 태풍 피해 없으시길 진정 바라겠습니다.

살아 있는 집

여기는 좋은 곳이란다
드러누울 수 있어
뛸 수 있어
물구나무 서도 돼?
그래도 돼

작은 레몬 오디오
노래가 나와
폭력적인 세탁기가 돌아간다
접시가 포개져 있어

와이파이 터진다!
화분이 있네 몇 년째 죽지 않는 스투키
AI 음성과 대화를 할 수 있지-----여기는 좋은 곳
이야
설명해 주었다.

화장실에 창문 있음의 기쁨
수증기가 차고 야외와 다른 온도, 그래서 공기가 흘러

엉망진창으로 난리난 실리콘 자국
관리 아저씨가 해 준 것

작은 냉장고 안엔
꼬마 돈가스가 잠자고 있답니다

선물 받은 꽃을 말려 두면 예쁘지요. 풍수지리는 모
르구요 네모의 꿈처럼 꿈처럼 꿈처럼 꿈처럼…
꿈처럼 각진 모양이야
거기서 꿈꾸면 돼!!!

―집에 대한 집착―

우리는 안전을 원해요 도망다녀 본 적 있어요 숨고 싶
거나 편히 울 곳이 필요해요… 울고 싶지 않다면 집착하
게 된다

이 집이 무너져 내릴까
천장 아래 내가 깔리게 될까

내 집이 나를 죽일 수 있다는 생각 그럼에도 집착하기 아끼기 꿈꾸기 기다리기 절망하기 절망 아래 깔리고 뭉개지기

별 볼 일 없는 사람들이 별 볼 일 없는 모양으로 둘러앉아 떠들 수 있는 구조

                                        독립적인 장면

근데
우리 집은 예쁘지 않고

재미가 없다
나무침대 나무책상 나무서랍장 나무협탁 나무거울 나무창틀
나무나무
나무의 세상

나무를 죽여서 내가 사는 집이 나오게 된다

열심히 나무를 죽여도 못생긴 집이 생긴다. 돌과 보석과 유리 이런 것들이 필요하다

나는 그것을 흰 종이 속에서만 발견했었다 가닿지 못한 곳은 참으로 단단하고 두껍다 대성당들의 시대처럼 아름다운 문을 보고 싶다

권위와 죽음과 서랍 속에 잠든 늙은 일기장 처럼끝끝내 질긴 자국 새기는 것 살아 있다 살아 있다!!! 하게

이런 생각을 하게 된 이유는 단순했음

좋은 집에 대해 알기 때문이다

좋은 집의 문지방과 손잡이를 내가 알아서 더 넓고 아름다운 구조와 가구를 내가 알아서

창문의 풍경이 어떻게 되고 방음과 단열과 바닥의 질감 같은 것

바위 이끼 거기서 나오는 색

지평선 바다 물고기 거기에서 나오는 무늬

거미 사랑 그때의 직물

그래서 나는 집을 지어 그것

가시 울타리로 집을 지어! 나무 조각 주워서 문 달아

실밥이나 지푸라기로 바닥을 깔고 살아 여기가 나의
집이야

집에서 돌아다니는 것은 자유야

나는 자유롭게 쏘다니지 문의 안과 밖을

거울 속의 방과 거울이 놓인 방을 터벅 터벅 터벅!

하면서

그러면 뭐 해 여기는 흰 벽지가 있고 반짝이는 건 고
작해야 내 눈물밖에 없는 곳

둔탁한 소리 나고

잠자고 나면 모르는 멍이 든 적 있고

비둘기와 까치 싸우는 걸 몰래 동영상 찍기도 하면서

구석마다 바퀴벌레 약을 붙여 놓은 여기는 나의 집

밤 시간은 이렇게
빨리 가 버리네

그래도 기분이 좋았는데,

마감이 예쁜 선으로 지어진 집을 갖고 싶다

(아니 사실 필요 없어 나는 또 떠날 거야)

안타깝겠다
욕조도 없고
베란다 없고
다 없는데 살아진다는 불합리

어쩔 수 없는 여기서

나는 돌아다녔어요… 춤추고 거울 보고 콧노래 부르
면서 선글라스를 써 봤어요.

그치만 언제 어떻게 사라져 버릴지,
아무도 모르는 일이에요

나는 괜찮지 않아요.
그래서 이렇게 소개해 줄게요.

이곳은
살아 있는 사람이 있는 외딴집이랍니다.

이 여름에 나는*

이 여름에 나는 여전히
만약에 묶여 있는 능소화
풀어줘도 스스로 압송된

당신과는 언제 또
얼굴을 보며 증오하게 될까
우산 속에서 보던 눈빛은
애달픔 여전한 거리
붙잡힌 하얀 손목

장마가 지나도 우리에겐
시원한 바람이 불지 않았다
밤사이 손잡는 일
능소화의 덩굴처럼 서로 얽히어

마음을 떨구던 순간에도
서늘해지지 않던 여름밤
하나가 되고 싶었지 아스팔트에서
능소화가 꾸는 꿈처럼

지금 죽기엔 너무나 안전해
우리는 솔직해지는 대신
이별의 하얀 손을 잡고 잠들었다

이 여름에 나는 능소화
이 여름에 나는
이 여름에 나는
당신에게 묶여
붉게 우는 능소화

* 김남주 「이 가을에 나는」.

Piece Hostel Sanjo 209

비명에 창문을 열었는데 깜깜한 벽이다
절벽이다

입술을 들켜도 좋은 시절이 다시 오다니
어느 골목에서 번들거리는 입술로 개가 웃는다

그런 거 개나 줘 버려
퀵으로 도착한 국적 없는 뼈다귀를 질겅질겅 씹으며

동전에 새겨진 식물처럼 시들지 않는 오해가 무성한
이 도시에서는
산 자들과 죽은 자들이 뒤섞여 오래된 거리를 활보한다

죽은 사람과 아무렇지 않게 살다가 깨어난 새벽
지난밤 주머니에서 꺼내 놓은 잡다한 문장들로 흉곽
은 저리고

그런 거 뼈다귀에게나 줘 버려
멈춘 것들이 흘러간 것들을 물고 와 훈계한다

죽은 사람과 살아내느라 애를 쓰다가
솟구치는 두려움으로 슬픔을 넘어온 아침

애쓰는 일은 삭신을 쓰는 일이어서
이리도 온몸은 저미는데

죽은 사람은 삭신도 없는 삭신을 어떻게 애쓸까
돌아누워 베개에 입술을 뭉개는 낯선 방

해파리에 쏘인 오른쪽 발목이 제일 먼저 한 생각

이소연

뇌가 없다 심장이 없다 피도 없다 해독제가 없다

투명하고 악의 없는 사람을 생각하느라
바다는 깊어진다

이토록 부드러운 것에도
상처 입을 수 있구나

해초가 발목을 스치는 줄 알았어

부드러워서 속기 좋지
의도가 없었기 때문에

'그런데 해파리를 어떻게 죽이지?'

두려워서 너를 없애 버리기
두려워서 나를 없애 버리기

큰 배 한 척이 지나간다

자신을 투명한 사람이라고 소개하는 사람
투명한 게 얼마나 위험한 건지 알아요?

첨벙, 뛰어든 내가
나를 자세히 만져 보는 팔월

수상안전요원이 뜰채로 물이 가득 찬 몸을 건지며
"죽은 몸에도 독이 있으니 물러나세요"

해파리는 죽어서도 헤엄친다
투명한 마음이 부르튼다 노을이 진다

펼쳤다 접을 수 있는 여름 날씨보다
건져내야 할 여름 해변이 많다

내 몸에 해파리만 읽을 수 있는 문장이 생긴 것 같다

바닷물을 세게 끼얹었다

굴뚝

김성규

파업이 시작되고 몇 명은 굴뚝으로 올라가고
굴뚝 위에서는 모든 것이 훤히 보이지요
굴뚝 위에는 연기가 피어오르고
당신이 없다면 우리 모두 흩어져 울었을 거예요

파업을 지지하러 몰려온 사람들도
이제 지쳤어, 안 되겠어 집으로 돌아가는 사람도
누군가를 기다리며 자기만의 굴뚝에서 연기를 피우
는 사람도
굴뚝 속이라도 들어가 손바닥을 쬐고 싶은 사람도
내려오면 안 돼요 끝까지 버텨 보세요
얼어붙은 눈물 목걸이를 목에 걸어 주는 사람도
내려오라 목이 쉬어 소리 지르는 가족들도
굴뚝에서 내려오기 전까지는 모든 것이 보이지요
하얀 구름을 찍어내는 굴뚝도 이젠 좀 쉬어야지
모두가 굴뚝 주변에서 뭉게뭉게 이야기를 피울 때
이야기가 사방으로 흩어져 구름이 될 때
지나가던 구름이 굴뚝 위에서 쉬다
근심 많은 사람들 이마 위로 쏟아질 때

드디어 굴뚝에서 연기가 멈추고 공장도 지쳐 쓰러졌어
이제 모두 집으로 돌아가 밀린 잠을 자야지
언제 우리가 굴뚝 위로 올라왔지
굴뚝 위의 사람들은 언제 내려가야 하는지 모르고
내려가야 할 사다리마저 치워지면
굴뚝 위의 사람이 종일 뱉어내는 한숨으로 안개가
끼고
지상의 인간들은 가끔 이야기한다

모든 것이 보이지 않아 눈이 멀어 버렸나 봐
굴뚝 위로 올라간 사람들은 먼 곳을 보며 노래하네
파업이 시작되고 몇 명은 굴뚝으로 올라가고

천년하제 팽팽문화제*

이동우

붉은 천 긋는 해원의 춤사위 따라
노을이 노거수 발등에 내려앉는다
소매 벗어난 손끝이 쫓는 그늘 저편은
철조망 없는 꿈결, 상복 벗은 석장승이
마른하늘 앞섶으로 한 발 떼자 그제야
우리는 삼켰던 숨을 토해낸다

난산 깟진바우 위로는 온통
전투기와 부딪혀 깨진 새들의 머리통
가지 촉수가 허공 핏자국을 빨아들이고
물마 지던 땅 너머까지 뻗는 밑뿌리
그렇게 붉디붉어질 때

손 맞잡고 육백 년 나이테를 돈다
한 핏줄이던 바다가 흙으로 뒤덮인 후
고깃배 매던 뱃줄로 온몸을 동여매며
홀로
오래
높게

140

버틴 하제마을 팽나무
나무줄기에 물줄기를 접붙인다
흙비 뒤집어쓴 접근 금지 경고판을
밟고 넘는 몸과 몸, 마딘 몸짓으로
뜬것과 저퀴를 몰아낸다

참쑥 뭉쳐 꿀꺽이며 바다로 골짜기로
반만년 쫓기던 민텅구리 죄 없는 백성들의
터진 맨발** 고수레 저 아랫녘 팽나무는
진도 팽목항을 지켜 온 포구나무이고 고수레
제주 4·3 때 없어진 마을을 기억하는 폭낭이다

손에 손 맞잡고 돌고 돈다
팽팽하게 땅과 땅을 잇댄다
옥죄던 군부대 가시철망을 걷어내고
끊긴 마을 핏줄기를 다시 잇자
가지마다 열리는 노랑조개, 해방조개
지팡이 짚은 흰 수염의 노사제와
지지대 짚고 선 노거수가 마주 본다

* 군산 하제마을 팽나무를 지키기 위한 팽팽문화제가 2020년 10
월부터 매달 열리고 있다. (http://t2m.kr/BsBKd)

**신동엽 시인의 「아사녀의 울리는 축고」에서.

3부
삶이라는 직업의 부당함

해남 집

나종영

그 집
바람이 햇살이
맑고 깨끗한 집

사람들이 왔다가 고요한 마음으로
고개 숙이고 가는 집
마당이 하늘이 그윽한 집

비어 있으나
마음 가득 충만한
남주 형이 살았던

그 집
한겨울 마늘밭 푸르던
해남 집

문경 사과

문경은 사과가 유명하고
문경은 당신이 잊어버린 비밀

어린 당신은 사과나무 구멍에 보물을 모았다 깨진 전
구, 솔방울, 죽은 개의 목걸이, 아까워서 먹지 못한 사탕,
결국 참지 못하고 먹은 사탕 껍질

태풍이 오면 익지도 않은 사과가 떨어졌다 그것들을
주워 나무 구멍에 넣고 당신은 곧 잊어버렸을 것이다 그
리고 다들 한 번쯤 고향을 떠나듯 문경을 떠났을 것이
다 당신의 사과나무를 떠났을 것이다

사과나무 속에서 사과는 익어 술이 되었다 술을 품
은 사과나무에 사과가 열렸다 사과는 붉고 매끄럽고 자
꾸만 자란다 무엇을 품었는지도 모르는 사과를 사람들
은 열심히 딴다 그리고 사과도 곧 문경을 떠난다 누구나
나고 자란 곳을 떠날 때가 온다

이제는 아주 가끔씩만 문경을 떠올리는 당신이 이제

는 더 이상 보물을 모으지 않는 당신이 어느 날 술을 마시고는 운다 속에 든 것들이 너무 많다고 운다 술이 달다고 운다

가장자리

당신은 아직 전방이군요

가장 먼저 추운 곳

늘 추워져 있는 곳

향로봉이나 함백산 어디쯤

눈다운 눈 내려 길을 먼저 끊은 곳

이십 대 이후로 전역을 못 한 그대는

남방의 그곳에서도 여전히 북쪽이군요

매화꽃 피어도 양지꽃 피어도 겨울

당신이 내딛는 곳은 모두 왜 한파경보인가요

바다와 겨울이 대치하는 파도 끝인가요

파도와 방파제의 끝나지 않는 싸움 속인가요

다들 어렵다 하면서도 조금씩 나아지고 있는데

당신은 괜찮다 괜찮다 하면서 새로운 절벽으로 날아가 버리나요

중심을 버린 채

어느새 가장자리를 다시 중심으로 만들고 있나요

"생이라는 게 말이야, 최선을 다해 죽을 자리를 찾는 일 아니겠어."

답장만 보내온 당신.

저녁, 산방의 기록

고재종

애저녁에 듣는 별들의 침묵,
스치는 라일락 향기,
느릅나무 둥치에 기댄 어떤 성애의
가만가만 일렁이는 잎새들의 시

달빛 가득한 정적이라면
때론 추억 한 모금의 미뢰에 떨기도 하지
삶이라는 직업의 부당함에 울기도 하고

돈을 내고 남의 고통을 관람하는
어느 영화와 같은 일들을 떠나
오뉴월 장미의 붉은 독재를 지지하는
나는 장미 중독자*

어제는 궂은 일기에 길 잃은
고라니 어린것이 찾아들고
오늘은 저녁 능선을 적시는 밀감빛 놀에
과잉된 그리움도 있긴 있다

모든 질문의 책, 무용한 말들을 삭제하는
다만 멧비둘기들의 구슬픈 노래여

어둠과 숲과 밤의 박물을 열어
가끔은 영원을 엿보게 하는
바람 한 자락쯤은 안다고 기록하리라

* 다이앤 애커먼의 『감각의 박물학』에서.

다시, 씨앗

아프리카 아홉 살 노동자 시디베가 돌아본다 글썽글썽
북극곰이 묻고 있다 글썽글썽
흰죽처럼 맑은 시인의 웃음이 흔들린다 글썽글썽

울퉁불퉁한 기도가 지구를 돌아 돌아
폭우로 쏟아지는 날들
눈물의 수평선이 출렁이고, 꽃대들이 넘어진다

용왕장군과 천상선녀를 팔아 밥을 먹는 샛골목 점쟁이는
저 꽃대 부러지는 깜깜함을 듣고 있는가
출구 없는 신자유주의 식민지에서 아파트만 짓는 장사꾼들은
저 물마루 일어서는 아득함을 듣고 있는가
자본의 벼랑을 걷는 우리는
실패한 신화, 소비자 수용소가 지루한 포로

흰 꽃이 핀다 최선이다 글썽글썽한 칼날들
붉은 꽃이 진다 최선이다 글썽글썽한 경전들

죄도 벌도 한 장 영수증처럼 팔랑이지만

저만치 입 삐뚤어진 것, 발목 상한 것, 찡한 것들이 일어선다

꾹꾹 눌러선 시들이 돋아난다

사랑을 믿는다 앞에 선다 기억한다 핏빛 낱말들

사랑은 믿는다 고발한다 견딘다 희디흰 별빛들

무중력 슬픔이 갑옷이니

사막을 걸어 물 긷는 아홉 살 나네가 일어선다 글썽글썽

팔레스타인 늙은 피란민이 깡통 속에 씨앗을 심는다 글썽글썽

하얀 새가 된 시인이 돌아온다 글썽글썽

바깥 어디선가 영원한 것이 시작되고 있었다

아픈 애벌레들이 눈을 뜨는 아침

연대

김사이

살아가는 건 지독히도
외로운 노동이다

사랑하는 사람과
달콤한 스킨십 후에도
모락모락 피어오르는 허무 같은

광야를 지배하다 밀려난
지평선 끝에 닿은 사자의 눈빛 같은

며칠 보이지 않으면 돌아오지 않는 사람들
외톨이 된 백구의 까만 눈동자 같은

사람과 가축과 집이 함께 내력이 된 마을
빈집을 채우는 풀벌레 울음소리 같은

오랜 벗들과 술 한잔 왁자지껄한 언저리에
떠도는 낯선 슬픔 같은

생면부지의 만물들이

오늘을 끌고 내일을 지탱한다
서로를 정성스럽게 돌본다

약육강식

백애송

한쪽 눈이 튀어 나온 램프아이
동료들에게 따돌림당할까 싶어
다른 어항으로 옮겨 주었다

남미 복어 두 마리가 들어 있던 어항은
램프아이가 들어오자
들썩이기 시작한다

그들에게만 보이는 물속 길 따라
자연스럽게
당연하다는 듯
흐르는 적자생존

자신의 영역에
함부로 들어온 것에 항의라도 하듯
온전하지 못한 램프아이 꼬리를 쫓는 복어

꼬리 한 점 베어 먹더니
지느러미까지 뜯고 말았다

반쪽 꼬리로 도망치면서도
살기 위해 필사적으로
수초 사이를 부유하던 램프아이

살라고 옮겨 준 곳에서
산 채로 죽음을 맞이한 이 순간

삶과 죽음이 대치하는
평화로운 듯 평화롭지 않은 순간이다

폭우 속의 계백

김형수

군청 앞 사거리
우산을 든 관광객이 쳐다보고 있네
장마에, 저 사나운 폭우에
흠씬 두들겨 맞고

언젠가 쫓겨난 적 있지
시골 초등학교 운동장 가에
그래도 돌아와 무너진 공동체의
몰락과 패배와 비참을 증언하는

미친 대지의 응결
오늘도 난타하는 멸시 속에
수천 년 바람과 땡볕과 눈발을 받아낸
초라한 기마상

점령군이 분탕질한
삶이란 통렬한 모멸의 술상 같네
그래도 빗발치는 화살을 맞으며
불우를 지키는 거룩한 패배자

망북화望北花

안상학

이른 봄날 주천강변에 자목련을 심었다

그가 나무에게 이름을 지어 주자 말했다
나는 망북화라 불러 주자 했다

그가 뜻을 물었다 나는
자목련 꽃은 일제히 북쪽 하늘을 바라보며 피기 때
문이라고 했다

그가 북쪽이 어디냐고 물었다
나는 눈 녹은 양지바른 산 쪽을 가리켰다

그는 돌아서며 그럼 저쪽이 남쪽이냐고 물었다
나는 말없이 고개만 끄덕이며
아직 눈이 얼어붙어 있는 남쪽 산의 북록을 바라보
았다

그는 망북화 망북화 이름이 참 좋다고 말했다
나는 아직 눈이 얼어붙어 있는 남쪽 산을 바라보며

다시금

　자목련이 굳이 북쪽을 향하여 피는 이유를 생각해
보았다

　사월에도 눈이 온다는 강림의 아주 이른 봄날 일이
었다

면앙정 오르며

손택수

내 고향 마을엔 너른 들을 사이에 두고
서로 다른 두 개의 정자가 마주 보고 있다
하나는 들판을 굽어보는
지체 높은 언덕의 면앙정,
또 하나는 들판에 납작 엎드린
무지렁이 마을 평지에 있는
그러니까 이름이라는 것이 있을 리가 없는
무명의 정자다 이 무명을
마을 사람들은 감히 시정이라고 불렀다
나는 지금도 시 하면, 아가, 시정에 가서
할아버지 진지 드시라고 일러라
하시던 할머니가 제일 먼저 떠오른다
들일을 하다 쉬시던 할아버지보다
먼저 반겨 일어서던 누렁소
끔벅이는 눈에 비친 아이 생각도 난다
현판 하나 없이 마을을 돌아 흐르던
또랑물 소리, 빨래 소리도 편액처럼 걸어 놓고
자신이 시인 줄도 모르는 시
자신이 시인 줄도 몰라 시인 시

면앙정에 오르면 들린다
까막눈이 새소리 물소리도 어엿한
행과 연이 되어 흘러가는 소리

의자, 둘

이정록

햇살 좋은 처마 밑에 의자 하나 더 내놓았을 뿐인데 마음이 부엉이 곳간처럼 가득하네. 자네 시린 손으로 쓸어 보게나. 새로 내놓은 빈 의자가 더 따뜻하지. 잘못은 내가 저지르고 의자에게 사과를 맡긴 꼴이 되었네. 많이 서운하고 미웠을 텐데 곁을 내줘서 고맙네. 의자 하나 더 내어놓기까지 참 오래 걸렸네. 엉덩이 디밀 곳만 있어도 생지옥 세상살이가 화로방석처럼 훗훗해지지.

비가 올 땐 젖은 우산을 빈 의자에 비스듬히 덮어 놓지. 눈이 올 땐 털목도리를 가만 풀어 놓고 말이야. 아웅다웅 다퉈 뭣해. 처마 밑에 앉아서 함께 빗소리나 듣는 거지. 들판을 건너오는 빗줄기들, 공평하게 내리는 것 같지만 우리가 헤매던 하류에선 늘 둑이 터졌지. 흙탕물에 진창길이었지. 세월이 지나면 다 맑은 물이 된다는 거짓말도 두런두런 자네랑 주고받으니까 늑골 사이 성에가 다 녹아 버리네.

인생 뭐 있나. 앞산 붉은 무덤이나 건너다보는 거지. 장마 지나 폭설이 닥치면 어깨에 핀 매화 꽃잎에 호들갑

163

이나 떠는 거지. 너무 세게 때리지는 말게나. 늙은 꽃가지 부러지겠네. 털목도리로 꽃잎 등짝이나 털어 주는 거지. 의지가지인 걸 왜 모르겠나. 사포 같은 손바닥으로 빈 의자나 쓸어 주는 거지. 쌍무덤처럼 나란히 앉아 있으니까 소복 입은 앞산이 우리한테 절하는 것 같네. 그럼, 자네는 충분히 절 받을 만하지.

피와 석유

나희덕

석유를 악마의 배설물이라고
후안 파블로 페레즈 알폰소는 말했다*

베네수엘라의 광업개발부 장관이었던 그는
OPEC의 설립을 주도했지만
석유가 부정부패와 갈등의 강력한 매개체라는 걸
누구보다 잘 알고 있었던 듯하다

록펠러는 자신의 석유를 더 많이 팔기 위해
램프와 난로를 아주 싸게 팔았다

그들에게 가장 큰 위험은 석유 소비가 줄어드는 것,
매일 1억 배럴의 석유가 세계로 팔려 나간다

Drill, Baby, Drill! (뚫고 또 뚫어라!)

기후 위기 따위는 문제가 아니라는 듯
점토와 암반에 파이프라인을 박아대는 시추탑과
데이터센터로 전송되는 데이터들,

지구는 구멍이 숭숭 뚫린 채 갈기갈기 찢기고 있다

땅속에서 쉬지 않고 뽑아 올리는 이 죽음의 주스를
한 번도 마시지 않은 사람이 있을까

죽은 유기체들로부터 나온
이 화석 연료는 굴뚝과 배기구를 통해 승천하며
지구를 가장 빠르게 죽게 할 것이다

석유와 가스는
전쟁과 함께 수출되기도 하고
전쟁으로 공급이 장기간 중단되기도 한다

원유값도 가스값도 솟구치는 겨울,
발트해를 지나는 천연가스 파이프라인을 떠올린다

석유나 가스에게도 정신이 있다면
고갈과 종말에 대한 공포를 가르치는 대신
새로운 신을 섬기게 하고

타오르는 불꽃의 아름다움을 알게 하는 데 있다고

피처럼 붉게
피보다 붉게
마침내 피로 붉게

세상을 온통 물들이는 데 있다고

그러나 더 이상 석유를 위해 피를 흘리지 말라

피는 붉고 석유는 검지만
피와 석유는
포르피린**이라는 같은 혈통에서 왔다

러시아산 석유와 우크라이나인들의 피가 때로는
동의어가 될 수 있는 것처럼

* 레자 네가레스타니, 『사이클로노피디아』(윤원화 옮김, 미디어버
스, 2021, 62쪽).
** 같은 책, 60쪽.

지랄 같은 봄밤

손세실리아

시집을 냈을 뿐인데
쥐도 새도 모르게 검열 대상이 되고
지원사업에서 부당하게 배제됐다
혼자였음 씩씩대다 말았을 텐데
진상규명위원회와
무료 변론 지원을 자처한 민변 덕에
참고인 진술이라는 것도 해 보았고
국가를 상대로
손해배상청구소송을 제기해
승소까지 거뒀다 이후
명예훼손 명목으로
적잖은 액수를 받았는데 어렵쇼
보상금이 아니라 위자료다
혼인 관계를 인위적으로 소멸시킬 때
사용되는 용어로만 여겨 온 터라
심히 언짢다
간혹 억울과 비통의 편에 서서
격문과 참여시를 쓴 바 있고
시위에 가담한 적 있긴 하지만

피차 잘살아 보자고 한 일이지
갈라설 목적은 추호도 없었는데 말이다

양아치만도 못한 국가의
더러운 돈을
마지못한 척 받은 것도 엿같지만
그보다 더한 치욕은
이미 절반 넘게 써 버려
반환조차 할 수 없어진
생의 비루다

애먼 시집만 뚫어져라 쏘아보는
지랄 같은 봄밤
달은 또 어쩌자고
저리 부신지

노래는 돌아온다

문동만

누군가 물었습니다 당신의 시는 어떤 장르에서
가장 큰 영감을 받았습니까?

나는 부끄러이 말했습니다
노래였다고, 노래라는 친구가 있어
그 부드러운 어깨에 기댈 때가 많았다고
사람은 노래로 돌아온다는 것을 알고부터
애틋한 것들은 꼭 노래로 되돌아온다는 것을 알고
부터
노래가 무엇이든 나눠 갖는 힘을 가졌음을 안 순간
부터

한 소년이 가을밤 툇마루에서 별무리 보며
한 소녀가 불러 주던 낯선 노래를 들었을 때
그 노래는 서울에만 있는 노래라고 하였을 때
어둠 속에서 입에서 입으로만 퍼지는 노래라고 하였
을 때
당신들도 유성처럼 내 심장에 떨어졌던 것 같습니다

제 노래가 쑥스러워 부르지도 듣지도 못하는 사람에게
어떤 바닥이라도 뚫을 듯 골똘히 고개 숙여 걷는 사
람에게
고개 들고 살고 싶은 사람들이 찾아왔습니다
노래로라도 살아야 하는 사람들이 찾아갔습니다

묵은 흙내 풍기던 바람벽에 막막한 문장들을 필사해
보던
열아홉 나도 열아홉에 지은 그의 노래 곁으로
곁불을 쬐듯 스며들었습니다 노래로 데워진 몸은
찬바람 속에서도 떨리지 않았고 다시 슬퍼할 힘도 얻
었으니

검푸른 바닷가에 비가 내리면……*
아, 노래의 바다는 더 넓고 푸르게 깊어지려나

그가 노래를 다 싣고 떠나던 날 세찬 비가 퍼붓고
먹구름 사이 살아 있는 선율들이 꼬리를 치며 솟아
올랐습니다

노래는 부드럽게 엉키어 죽어도 살아도 서로를 놓지
않을 듯했습니다

* 김민기 선생(1951~2024)의 노래 〈친구〉 중 첫 소절.

가난한 여행

구불구불한 골목길 속에서
사과 궤짝만 한 커피 가게를 만났네
비는 조용히 내리고
문 앞의 바람은 허름했네
3년 전 처음 이 도시를 여행했을 때
나와 내 시는 좀더 가난해져야 한다고
하루 두 끼 꼬박꼬박 챙겨 먹는
여행은 여행이 아니라고 중얼거렸네
문을 열고 들어서는데 이상해
커피 냄새 속에서 장흥군 유치면 오복리
지금은 수몰된 외가 마을 복숭아꽃 향기가 났네
주문을 하고 자리에 앉아 가난한 음악을 들었네
주인 사내가 따뜻한 아메리카노 한 잔 내려놓으며 말
하네
이거 손님이 놓고 간 거 맞죠?
눈앞에 작은 지우개 하나 내려놓네
연필로 시를 쓰다 사용하던 지우개
나와 커피 가게는 초면이 아니었네
조용히 내리는 비와 허름한 바람도 구면이었네
3년 전 떨구고 간 지우개

언젠가 지우개의 주인이 다시 올 거라고
기다린 주인의 마음이 한없이 따뜻했네

—2024년 5월 8일 12시 12분 Chan's 커피에서 쓰다

북천

안도현

경남 하동에도 있는 북천 경북 상주에도 있는 북천 강원도 고성에도 있는 북천

지명에도 있고 하천명에도 있고 간이역 이름에도 이 대흠의 시에도 스님 법명에도 있는 북천

북천의 뒷산 꼭대기에는 만년설이 살고 사시사철 크리스마스 캐럴 음반이 출시되고 아이스크림 장사보다 참나무 장작 장사가 더 잘될 것 같은 북천 청둥오리 떼를 잡아 연탄불 위에 굽는 저녁이 와자할 것 같고 큰 강의 얼음장은 국어대사전보다 두꺼울 것 같고 이런 추측은 북천이니까 가능할 것 같고

꽁꽁 얼어붙은 북천에는 투기꾼들이 묵을 여관이 없고 고층 아파트를 짓지 않으니 은행에 대출하러 갈 일이 없고 은행원 앞에 다소곳이 앉아 있을 필요가 없고 연대보증 부탁하는 시간에 처마 끝 고드름을 따 먹을 수 있어 좋고 고드름 고드름 수정 고드름 동요를 부를 수 있어 좋고 북천의 언덕에서는 마을의 지붕이 손바닥 안의 스마트폰처럼 다 보이고

북천 주변의 산골짜기에는 자작나무가 살고 산꼭대기에도 자작나무가 살고 고갯마루에도 자작나무가 살고 경사지에도 자작나무가 살고 산속의 화전민도 자작나무를 때고 산속의 사찰에서도 자작나무를 때고 일년에 딱 한 번 초파일에 절에 가는 여자가 사는 집에서도 자작나무를 땐다

　온천을 좋아하는 사람은 북천에 노천탕이 있나 생각할 것이고 삼복염천을 끔찍이 싫어하는 사람은 북천의 마구간에도 에어컨이 들어오나 걱정할 것이고 천상병의 시를 읽어 본 사람은 북천이 소풍 가는 곳인 줄 착각할 것이고 부천에 사는 사람은 부천에 왜 기역 자가 하나 더 붙었지 하며 의아해할 것이고

　나는 북천에서 태어나 보지 못한 사람 북천에 나가빨래를 해 보지 않은 사람 나는 그럼에도 친절해져서 북천의 스피커처럼 말한다

　북천은 바로 거기에 있어요 북천은 손 뻗으면 닿는 거

기에 있어요 북천은 만질 수는 없지만 보이는 곳에 있어
요 북천을 가지고 갈 수도 없고 쌓아 둘 수도 없지만 북
천은 부서지지 않고 흘러내리지 않고 물렁거리지 않고
뜨겁지도 차갑지도 않아요 북천은 비누처럼 미끌거리
고 대파처럼 맵싸하고 비스킷처럼 바삭거려요 이 의미
없이 좋은 북천

하심

미몽에서 깨라.

새벽에 너는
몸에서 튕겨져 나왔다.

비어서 새날이다.

훌훌 털어라.
연속되는 폭발음도 지워라.

네 몸의 살과 뼈는
짓이겨졌으니.

이제 그만 너는
가뿐해져라.
허공이 네 집이다.

시행하라, 하심*.

섭리야, 만악에서
지구를 구출하라.

*아랍어로 '악을 물리치는 자'라는 뜻이다.

다시 쓰는 유서

김해자

무심코 기지개 켜다 당신을 생각하네
벌거숭이 알몸으로 찢기면서
지하 세계에서
60일 동안 밤마다 꿈꾸었다는
딱 한 번만,
긴 하품과 함께 늘어지게 기지개를 켜고
사람의 거리에 나서 보고 싶었다는
당신 대신

기지개 켜는 키 큰 옥수수
땀에 절어 흘러내리는 밭고랑 몸뻬 바지였네
모가지 잡혀 비틀리는 옥수수 핏빛 수염
땅 밑에서 기지개 켜는 지렁이처럼 진득한 일이었네
생으로 묻힌 무덤
온몸 놀려 기어 기어간 대못 박힌 발이었네
먹방에 스며드는 밤의 눈동자
깊숙한 일이었네 기어이 땅속에 숨구멍 틔우는
비녀꽂이 박힌 손가락이었네

서쪽에서 태양이 뜬다는 땅끝의 새벽

내일을 기억하는 일이었네

차이고 밟히고 주리 틀리며 도리깨 밑에서 터지는 콩
깍지

오늘이 마지막 인사였네

맷돌 사이 흘러내리는 콩국물

묵사발이 된 어제를 다짐하는 일이었네

살아서 죽은

차가운 시멘트 바닥에 으깨진 붉은 살점

죽다가 살아서

다시 쓰는 유서였네

남도 기행·1
−무덤 이야기

이형권

　해남군 마산면 맹진리에서 외호리로 넘어가는 산모
퉁이에는
　상석도 빗돌도 없는 작은 무덤 하나가 있다
　바다가 막히기 전 이곳은 소리 소문 없이 들어온 갯
물이
　한나절쯤 저 홀로 찰랑거리며 노랫가락을 부르다 돌
아가던
　외지고 서러운 바다 모캉이었다.
　둔주포 오일장을 다녀오던 아버지는
　늘상 바지랑대 빨래처럼 취해 있었는데
　그 모퉁이를 지나갈 적이면 발걸음을 멈추고
　푸푸 트림을 내뱉고 뻘밭에 잠길 듯이 머리를 내민
　족두리바우를 바라보는 것이었다.
　"거참 묘한 일이지, 저것이 영물이라고…"
　갯물이 부딪혀 물보라가 이는 족두리바우를 보며
　못내 풀지 못한 문장을 헤아리듯 골몰하다가
　초연히 그 고개를 넘어오시곤 했다.
　이 고을에 종재기처럼 흩어져 사는 원주 이씨 일문
에는

밤이면 아이들 등짝에 좁쌀 같은 소름이 돋아나는

백년 묵은 여시 이야기가 전해 오고 있었다.

여시가 사람의 정기를 빨아먹고 인간이 되려고

각시로 둔갑해 서당에 공부 가는 학동을 꼬드겨

입 안에 구슬을 넣고 희롱을 한다는 것이다.

그 구슬을 삼키고 땅을 보고 넘어져 지리 박사가 되었다는

광해군 때 국풍으로 이름난 의신할배 이야기였다.

헌데, 이분이 서출이라 집안의 괄시를 좀 받은 모양이었다.

우리 동네 뒷산 무진산 자락에도 옥녀단장 명당이 있어

그 혈을 잡아 달라고 아무리 사정해도 들어주지 않자

어른들이 부애가 나서 냇갈창에 자빠뜨려 버리기도 했는데

"야 이놈들아 니깟 놈들이 메주 덩어리처럼 묏등을 써 봐라

그 자리를 찾을 수 있을 것 같으냐" 하고 악담을 했다고 한다.

그런 의신할배가 고향 땅에 유일하게 잡아 준 명당이
바로 족두리바우 명당이었다.

만대산이 치맛자락처럼 흘러내린 끝자락에
유좌묘향酉坐卯向으로 터를 잡고 대운리 뒷산을 바라
보고 있는
아무리 봐도 평범하기 그지없는 산모퉁이였다.

이 무덤은 자식을 낳지 못한 의신할배 큰어머니 자리
인데
백여시 구슬을 삼키고 땅속이 훤히 보이는 신통력을
얻은 후
이 자리를 잡아 주며 "천년이 가도 벌초는 끊이지 않
을 자리"라는
알 듯 모를 듯한 말을 남겼다고 한다.

대가 끊기면 이름 없는 고총으로 잊히기 마련인데
300년이 넘도록 벌초가 끊이지 않은다는 무덤,
언제부턴가 인근 마을에는 이 무덤에 벌초를 하면
바람난 서방이 돌아오고, 투전하는 사람은 돈을 따고
늙은 과부에게도 연분이 생긴다는 풍설이 돌았다.
하여 무덤 위에 풀이 돋기도 전에

어둠 속에서 찾아온 이들이 벌초를 하고 사라진다는 것이다.

그것을 사람들은 필경 족두리바위 조홧속이라고 여겼다.

보름날 달빛이 쏟아질 때 가 보면

족두리바위에 모여든 바닷물이 은근슬쩍 찰랑찰랑하는데

그것이 우세스럽게도 남녀가 히야까시하는 모습과 영판 닮았다는 것이다.

해남에서
−김남주 시인 생가

김명기

바랜 툇마루에 걸터앉아 회벽에 걸린 시를 읽습니다 오래전 선생님이 심어 놓으신 자유의 나무는 그곳에서도 잘 자라고 있는지요 저는 아직도 그 나무 심을 곳을 찾아다닙니다 자유와 평등이란 게 무얼까 생각해 보면 먼바다로 뱃머리조차 돌릴 수 없는 낡고 작은 배 같습니다 어떤 이들은 세상이 좋아졌다는데 도무지 그게 무슨 말인지 이해되지 않습니다 얼마 전에는 어느 하청 노동자가 한 몸 겨우 들어가는 형틀에 스스로를 가두었고 어제는 스물세 살 여성 노동자가 기계에 감겨 죽었습니다 하지만 저는 더 이상 분노의 시를 쓰지 않습니다 자본주의는 우리가 함께 나누었던 분노의 힘을 교묘하게 비웃으며 더 큰 힘이 되었다는 걸 알기 때문입니다 누구의 것도 아니지만 누구만의 것이 되어 버린 자유에 대해 어떤 문장을 골라야 할지 모르겠습니다 "만인의 만인의 만인들"은 쏟아져 내리는 가을 햇살 한 줌 말고는 평등과 자유로부터 먼 사람들입니다 뒷마당 잎 진 감나무처럼 만인이 다 떠나고 다시 태어나도 누군가 기어이 맞이할 비극적 서사에 대해 얼마나 슬퍼할 수 있겠습니까 얼마나 아플 수 있겠습니까 나의 시가 이 시대의

어떤 죽음도 추모할 수 없다는 것이 슬플 뿐입니다 지금
은 그저 따가운 햇살 아래 앉아 벼랑에서 놓쳐 버린 손
길 같은 선생님의 시나 읽고 있습니다

낮은 목소리

함순례

단 한 번 뵈었습니다
막 데뷔하여
문인들 여럿과 어디를 가는 버스 안이었을까요
당신이 수줍게 불려 나와
의자 팔걸이에 걸터앉아 노랠 불렀는데
읊조리는 저음의 파동
그 낮고 깊은 목소리 잊히지 않아요
저항으로 버텨 온 물고기
심해를 가르는 지느러미 유영에
술렁이던 버스 안도 일순 잠잠해졌고요
단 한 번 뵈었습니다
이듬해 당신은 돌아가셨는데
노래 제목도 가사도 지워졌는데
저릿하게 심장을 파고들어
지금껏 온몸을 휘감고 있는 목소리
어깨가 처질 때마다 눈앞이 흐려질 때마다
가늘게 떨면서 깨어나
몸을 일으켜 세우는
당신의 목소리

물봉은 내 친구

이봉환

내 이름이 봉환인데 '환' 자보다 '봉' 자를 만나면 더 반갑다.

김남주 시인의 별명은 알다시피 '물봉', 군 시절 별명이 나도 물봉. 왜 하필 봉이었는지가 희미한데 한 가지 기억나는 것은 있다.

제대 후 복학해 학교를 다니므로 진안이 고향인 한 후임이 말년 휴가를 나왔다. 귀한 마음에 손을 잡자 희게 웃으며 그가,

봉환 씨는 죽도록 상급자들한테 두들겨 맞고서도 후임들을 한 대도 때리지 않지 않았냐고, 우린 좋았지만 더욱 당신이 힘들었다는 걸 알고 있다고,

드잡지 않았다는 그의 자랑이 나의 저녁에게서 이렇게 몰래 나오다니,

더욱 '물봉'은 그래서 반가운 나의 친구.

흐른다는 것
─민주주의에 관한 명상

배창환

　살아서 흐르지 않는 것이 어디 있으랴
　내가 어머니 몸을 빌려 여기 와선 어디론가 흘러가
듯이
　내 몸속에 생피가 흐르고, 들이마신 공기와 생각과
감각이 길 따라 흐르고
　가야산 고랭지 사과밭에는 천백 광년 전에 출발한 별
빛이 흐르고
　오늘 아침 8분 20초 전에 태양을 떠난 햇살이
　이슬 촉에 깨어난 푸른 사과 속살을 따라 출렁이며
흐르느니

　철커덕, 친구가 암벽 등반 중 추락하다 멈춘 0.1초 동안
　눈앞에 지난 한 생애가 파노라마처럼 흘러 지나갔
듯이

　눈 감지 않아도
　젊은 피와 숨으로 흘러 들어와 내가 되고 우리가 된
사람들이 보인다
　망명지에서 동지가 주머닐 털어 생일상 차렸다고 초

로初老의 백범 종아리 때리신 곽낙원 어머니
　　왜적 이토오 사살하고 갇히신 안 의사에게 수의 보내
시며, 대의에 죽어라 언명하신 조마리아 어머니
　　그리고 자신을 불태워 대의를 지켜낸 무수한 무수한
　　아름다운 사람들

　　해방과 분단, 전쟁과 전후 혼돈의 야밤을 틈 타
　　총 거꾸로 들고 밤중에 기어 나왔던 독재자의 총검,
최루탄, 몽둥이 미쳐 발악하던 유신 말기
　　부산대학교 앞길 남포동 국제시장 부일극장 골목에서
　　젊은 시위대 숨겨주고 물이랑 주먹밥 쥐어주신
　　아름다운 사람들

　　나를 넘어 나를 찾아낸
　　산 같고 바다 같은 사람들

　　이곳에서 나로 살기 위하여
　　생을 통째로 갉아먹는 가난과 숨겨진 거악巨惡의 뿌
리를 찾아내고

욕망의 거미줄을 내가 먼저 거두어내는 일
소박함의 아름다움을 믿는 일, 내 밖의 평화를 갈구
하기 전에
내가 먼저 평화가 되는 일*
내가 여기 흘러오기 전보다 우리 아이들에게
한 줌이라도 더 맑은 공기와 햇볕, 물과 흙을 넘겨주
는 일
그러고는 산골 개울처럼 거침없이 길 따라 흘러가는 일

무엇보다 스스로 아름다워지는 일
아름다워져야 사람 사이를 흘러갈 수 있으므로

민주주의라면, 내가 정말 내 세상의 주인이라면

* 「생명평화결사」의 슬로건에서 인용.

거짓말이야

송경동

심리 지배, 인격 지배를 뜻하는
신조어 가스라이팅이 유행이다

당한 사람은 점차 자신을 믿지 못한 채
가해자에게 정신적으로 의존하게 된다
판단력이 흐려지고 자신을 믿지 못하며
점점 더 깊은 우울과 무기력에 빠져
건강한 사회적 관계와 일에서 멀어지게 된다
정서적 학대는 곧 신체적 학대 등으로 발전한다
연인이나 가족 등 친밀한 관계에서 주로 나타난다

범죄로 인식된 것은 오래되지 않았지만
그나마 다행
가족, 사랑, 친구, 스승이라는 말들 속에 숨겨져 있는
오랜 부패와 차별과 권력과 폭력에 대해
다시 생각해 볼 수 있게 된 것도 다행

숨은 지배와 폭력의
오랜 선구이자 가해자인

사이비 '민족'과 '종교'와 '국가'와 '자본'의
주도면밀한 가스라이팅까지 끊어내고
우리 모두가 좀 더 자유로워질 수 있다면 좋으련만

거대한 가해는 탓하지 않고
일탈한 개인들의 불의에만 경악하게 하는
거짓말 세상

안부
—아사히글라스 비정규직 해고 노동자에게*

이철산

하루 종일 기계 앞에서
길 위의 노동자 당신을 생각합니다

하루아침에 공장에서 쫓겨났지만
한순간도 공장을 떠나지 않았을
공장 밖 당신을 생각합니다

하루를 일해도
십 년을 일해도
문자 한 통으로 목숨줄이 떨어져 버리는
최저 시급
처절한 차별
비정규직 해고 노동자 당신을 생각합니다

공장 담벼락에 천막을 치고
아사히 비정규직 노동조합 깃발을 걸고
일 년이 지났지만 십 년이 다 되었지만
공장 담벼락을 타고 피어 있는
키 작은 민들레 당신을 생각합니다

담벼락을 타고 공장을 넘어 하늘을 점령하는
환한 봄날의 꽃씨
당신을 생각합니다

풍문이 독이 되어 돌아와도
소문이 칼이 되어 떠돌아도
몸 상하지 않았는지 맘 다치지 않았는지
헛된 꿈 꾸지 않고 잡은 손 놓지 않고

벼랑 끝에 서서
한 걸음 더 나아가는
캄캄한 어둠 속에서 첫길을 내는
길 위의 노동자 당신을 생각합니다

* 2015년 6월 30일 아사히글라스는 비정규직 노동조합을 만들었
다는 이유로 사내 하청 노동자 178명을 문자로 해고했다. 2024년 7
월 11일, 9년의 투쟁은 '직접 고용하라'는 대법원 판결로 끝이 났
다. 마지막까지 싸웠던 노동자 22명 전원이 정규직으로 복직한다.

4부
날카로움 하나 없는 눈송이들이
길을 지우듯

1호관 113호

붉은 벽돌에 그 함성들이 촘촘히 박혀 있다.
혁명의 문장이 시대를 악물고 버티고 있다.
독재의 심장을 쏘던 전사의 눈물이 박혀 있다.

강의실 낡은 칠판엔 자유를 외치다
끝이 뭉툭하게 닳아진 백묵이 꼿꼿이 서 있다.
교단 아래 나무 의자엔 농꾼의 땀방울들이 피맺혀
있다.

그 사상의 오래된 거처에서
무수한 김남주가
무수한 물봉들이
검은 뿔테 안경을 쓰고 더벅더벅 걸어 나오고

저기 봉학리 황토밭엔 나비 한 마리 날고 있다.

풀빵 한 봉지
—전태일을 생각하며

황규관

아파트 입구에 아주 오래
풀빵을 파는 할머니가 있다
이제는 나도 입이 자주 써서
들르는 일은 없지만, 한때
날이 추우면 들어가는 길에 한 봉지
아이들의 입에 넣어 주고는 했지
지금은 허기를 모르고 살지만
오래전 어떤 청년에게는 그게 양식이어서
어린, 여성, 노동자들의 입에 풀빵을
그 먼 길을 걸어와 넣어 주었다지
나는 너다, 나는 이 말의 깊이를
머리카락이 저물기 시작하면서 알았네
풀빵은 그의 몸이었음을
떼어 줄 몸이 부족해지자
차라리 태워 버렸음을
자기가 무엇인지를 욕망하지 않고
오직 나는 너다,로 살았던
한 사람
모두를 자기로 삼은

스물두 살의 완전한 결단

이제는 사라진 풀빵 한 봉지
그러나 어디선가 김이
모락모락 나고 있을 풀빵 한 봉지

첫발자국

박일환

눈이 내리고 있네요
당신을 위한 날은 영영 안 올 수도 있어요
그러니 울지 말아요

눈송이들이 당신을 찾아 서성이는 건 아닐 거예요
그럼 또 어때요
당신도 저렇게 하염없을 때 있었잖아요

날카로움 하나 없는 눈송이들이 길을 지우듯
아예 길을 없애 버리는 것도 하나의 방법이란 걸
당신이나 나나 왜 몰랐을까요?

막막은 사막에 가야만 만날 수 있는 게 아닐 거예요
더 이상 길이 없다며 울먹일 때
거짓말처럼 눈발이 멎곤 했지요

검은 밤이 모든 빛과 색을 빨아들일 때
하얀 눈은 자신에게 쏟아지는 모든 빛을 튕겨내지요
그렇게 받아치면서 빛나는 설움이라니요

그러니 울지 말아요

당신에게 다가오는 모든 날들은

당신이 맞서 싸워야 하는 날들이에요

날마다 새롭게 찾아오는 아침처럼

그렇게 시작할 수 있을 뿐

끝을 알 수 있다면 그건 신기루일 테니

첫발자국은 언제나 당신 몫이란 걸 잊지 말아요

어머니가 운다

김수열

모슬봉 동북 자락
대정 칠리 공동묘역 한참 걸어 외진 곳
재수 어미 송씨
옥색치마에 양단저고리 곱게 차려입고
쪽진 머리 바람에 날리며 빗돌처럼 앉아
산방산 내려다본다

허접한 제주목사 비석은 골골마다 넘치건만
도탄에 빠진 섬 백성 원을 풀고 인정 바로잡은
내 아들 비석은 어찌하여 눈을 씻고 봐도 없는고
재수야, 어디에 있느냐
살았느냐 죽었느냐
북쪽 하늘 황도대 너머로 훠이훠이 날아갔느냐
내 죽어 황천 가면 만날 수 있는 것이냐
어허, 세상 사람들아
무죄한 내 아들 어디로 보내어 남의 애를 끊는고

옛 바람이 다시 불어온다
난바다 건너 떼구름이 몰려온다

산방산 머리 위로 우렁우렁 우레가 운다
모슬봉 마른 억새가 살아 오른다

재수야, 어디에 있느냐

또출네

또 딸이 태어나 또출인가
또 춤을 추니 또출네인가

킬킬거리며 웃다가 비죽비죽 울다가 덩실덩실 춤을
춘다
그 똑똑한 동학군 아들이 포살되고 말았으니
어찌 미치지 않고 살아남으랴
삼백예순 날 비나이다, 신장대왕님께 비나이다아!
고부 백산은 가활만민,
새야 새야 파랑새야 녹도 낭개에 앉지를 말아라!

부처님도 눈이 멀고 신장神將님도 눈이 멀고
터줏대감도 눈이 멀고 조상님도 눈이 멀었으니
어어잇, 온 천지 까마귀들아!
찢어진 아랫도리, 퍼렇게 멍이 든 허벅지를 드러내며
또출네가 춤을 춘다
정월 초하루 장엄한 해돋이를 기다리며
누각의 불에 타 죽으며 마지막 춤을 추는구나

또 딸로 태어난 또출네처럼

또또 춤을 추는 또출네처럼

그날과 오늘이 한 치도 다르지 않으니

어찌 맨정신으로 살아남으랴

우리 시대의 목격자인가, 액막이인가, 무당인가

다시 오늘의 대곡자代哭者여, 시인이여!

또출네의 후예들이 울다 웃다가 미쳐서 춤을 춘다

돌 속에 묻은 문장

이중기

먼 나라 '하미' 마을 사람들이 돌에 새겼다는 문장*
마침내 천둥 번개도 잠재운 고요한 구름의 문장
돌 속으로 사라졌다는 소식 들었다

1968년 2월 24일 월남 시골 마을 하미
청룡부대가 학살한 백서른다섯 양민들 넋이나 달랠
위령비 세우라며 돈 내놓은 월남참전전우복지회
돌에 새긴 그 문장 수정하라는 협박
거부하고 돌로 덮어 버렸다
거기에 못생긴 연꽃 한 송이 피었다 한다
가 본 적 없는 먼 나라 베트남, 하미 마을 생각하면
괴뢰군에게 이로울 집단으로 재단되었던 보도연맹
이 떠오르고
나 또한 하미 마을 학살자라는 사실 고백하지 않을
수 없다
그때, 나는 그 못된 군인들 등 뒤에서 위문편지로
재빨리 방아쇠부터 당기라고 마구 추동했던 것이다
하미, 풍넛, 투이보, 퐁니 마을 학살을 생각하면

서북청년단에 살인 면허 부여한 미군정처럼
청룡부대에 살인 면허 발급한 미국처럼
나는 거친 문장의 위문편지로 학살을 명령했다

한 생을 보도연맹으로 몰아넣은 숨은 손가락처럼
나도 하미 마을 사람들 등 뒤의 명령자였던 것이다

* 그리하여 용서를 바탕으로 비석을 세우니 인의로써 고향의 발
  전을 열어 갈 것이다. 모래사장과 포플러나무들이 하미 학살을
  가슴 깊이 새겨 기억할 것이다. 한 줄기 향이 피어올라 한 맺힌
  하늘에 퍼지니 저세상에서는 안식을 누리소서. 천년의 구름이
  여, 마을의 평안과 번영을 기원합니다. 2000년 8월 경진년 가을
  디엔즈엉사의 당과 정부, 그리고 인민들이 바칩니다.

히말라야詩다

김남주기념홀* 앞

길 하나를 사이에 두고
서 있는 나무
아래 벤치에 드리워진 그늘
에서 쉬었다 갈래
여름은 좀 시원하고
겨울은 더 따뜻하고
히말라야는 멀고, 시는 가차운
정든 교정에서

어느 여름, 폭풍우 휘몰아치고 천둥 번개 치자 강의
실마다 불이 나가고 바로 그때였을 거야, 벼락이 시다
의 몸을 관통한 때가 그리고 그게 끝이 아니었지 이듬
해 웬 눈이 그리 왔는지 눈보라에 남은 가지가 꺾이고,
꺾여 버리고 누가 팻말에 제목을 달았을까 벼락을 맞은
게 아니라 '벼락을 이긴 나무'

한쪽 눈이 어두운 어머니도 석무 형도

이젠 곁에 없는데

은박지에 새긴 말들은
검푸른 잎사귀

남아 있는 두 아름의 가지가
팔을 번쩍, 들고 있었다

* 김남주 시인의 치열한 저항정신과 시정신을 기리기 위해 전남대
는 2019년 근대문화유산으로 지정된 인문대 1호관을 김남주기
념홀로 개관하였다.

개똥벌레 동무 삼아

김경윤

사람의 목소리 하나 들리지 않는
어두운 숲속에
산을 허물어 길을 내는
공사장 굴착기 소리만 쿵쿵
지층을 흔들고 있다

잠을 잃어버린 폭염의 밤은 길고
꿈도 없이 검은 방을 몽유처럼 서성이다
뜰에 나서니
어둠 속에 부유하는 불빛들

어느 별에서 왔는지
개똥벌레 하나*
내 곁에 와서 깜박깜박 불을 밝히고 있다

나는 알고 있지
하늘나라로 가서 개똥벌레로 환생한
시인이 있다는 것을

외롭고 쓸쓸한 오늘 밤은
개똥벌레 동무 삼아
캄캄한 어둠의 시간을 건너도 좋겠다

지리멸렬한 이 지상에서
귀뚜라미 울음소리로
시인의 노래라도 부르며
어둠의 시절을 건너도 좋겠다

* 김남주 시.

자기소개

학교 선생이라고 하면
무슨 선생이 수염에 빡빡이냐며 갸우뚱하다가
음악 선생이라고 하면
농담도 잘한다며, 체육 선생 아니냐 되묻는다
체육 선생은 그래도 되는지 모르겠지만

음악 선생은 모름지기 손가락이
희고 길고 가늘고
머리는 작고 목은 길고
몸피는 보호본능을 일으킬 만해야 하고
눈은 사슴처럼 선하게 깊어야 한다는 것이겠는데

음악 선생을 증명할 방법이
아리아를 부르거나 피아노를 쳐 보이는 건데
그럴 수 없을 때가 더 많고
대중들의 선입견을 뭐라 할 분위기가 아닐 때가 많아
자기소개는 늘 농담으로 끝나곤 하는데

검고 짧고 굵은 손가락은
아버지의 부재에서 비롯된 노동의 산물이고

전투적 눈빛은 어리숙하게
시대와 맞서다 뒤집힌 것이니
돌쇠형의 외모를 전적으로
내 탓이라고만은 할 수 없는데

망치질하듯 해서
피아노에게 미안할 때가 많지만
아직은 손가락이 건반 사이에 끼이지는 않으니

노동도 멀고 투쟁의 길은 더 멀었다는 얘기겠다

민주의 거대한 나무 그늘을 위하여

김경훈

독재는 미숙한 민주의 방관 속에 활보한다
이 모 박 모 전 모
그 추악한 이름들

또한 독재는 방만한 민주의 방심 속에 활개 친다
또 이 모 박 모 윤 모
이 더러운 이름들

어렵사리 피로 일궈 온 민주의 나무에
반민주의 해충들이 무성하게 번성하고 있다
불평등의 병균들이 왕성하게 번식하고 있다

정작 피땀으로 나무를 키운 사람들 대신
한가히 꽃과 열매만 탐하던 기생충들이
숙주의 몸통을 흡혈하고 있다

이런데도 가만히 방관하는가
이런데도 여전히 방심하는가
추악하고 더러운 것들과 적당히 공생하려는가

타는 노여움으로
다시 만세의 민주주의를 부르자
성숙하고 집중된 민주주의를 소환하자

곧고 굵고 거대한 민주의 나무
그 그늘 아래의 평온한 일상을 위해
이제 구충驅蟲과 멸균滅菌이 답이다

김남주

박두규

김남주, 그대의 이름 석 자도 이젠
이 세상에서 낯선 이름이 되어 가는구나.
인터넷 검색을 하면 배우 김남주나
가수 에이핑크 김남주를 먼저 클릭하는 세상인데
남민전 전사, 시인 김남주를 기억할 사람이 얼마나 있
겠나.
같은 하늘을 살았던 우리도
그대를 클릭하지 않고 잘 살아가는 시절인데
21세기의 대한민국 젊은이들이 그대를 클릭할 이유
가 없지.
그대의 불꽃 같은 삶, 불굴의 세월을 기억해야 할 이
유가 없지.
국가는 권력이고 폭력일 뿐
제 한 몸 챙기는 게 전부인 대통령이 뽑히는 시절인데
무슨 얼어 죽을 자유, 민주주의
바야흐로 지금은 나만의 세상, 1인칭 시대인데
우리보다, 너보다, 내가 만고의 진리가 된 시대인데
홀로 아름다운 꽃이고, 홀로 우주인 시대
각자도생하는 제 목숨 하나가 전부인 1인칭 시대인데

남주여, 김남주여, 그대가 설 자리는 어디인가.

너를 위해 모든 걸 주고 목숨을 거는 2인칭 시대나
익명의 누구, 헐벗은 노인네에게도
다정한 눈빛, 따뜻한 말을 건네는 3인칭 시대나
강가의 들꽃이나 그 곁의 나비 같은 생명들도
우리와 동등한 무게의 목숨을 사는
무인칭 시대는 어디에 있는가.
몰라서 당당하게, 알면서도 모른 척
1인칭의 이기利己가 편해서, 편해서 그냥 살인도 하는
제멋대로 무질러 가며 막장을 사는 무도無道한 시대
가 있을 뿐
1인칭으로 태어나 무인칭에 이르는
모두가 어우러진 세상은 이제 없는 것인가.
바람에 흩어지는 무수한 이파리들
한 가지에서 피어나던 연두의 봄날은 가고
하나의 인류, 하나의 행성 함께 살고 함께 죽는다는
온전한 하나는 그저 지식이고 관념일 뿐
처음부터 없던 것인가.

그대가 나이고 모두가 나라는 1인칭은
경전 속에서나 사는 말 속의 말일 뿐인가.

남주여, 김남주여, 그대가 설 자리는 어디에도 없구려.
그래도 외롭다 하지 말고 억울하다 말하지 마오.
아직도 그대를 그리워하는 사람들은 모여
이렇게 하얀 밤을 지새운다오.
한 인생의 갑자년도 다시 돌아와 회갑을 맞는데
세상은 다시금 혁명의 시절을 맞아
모두가 그대를 그리워하는 날이 올 것이오.
민중들의 역사와 상식 속에서 스스로 변해 온 세상
인데
차츰차츰 무르익어 그 마음 절실한 세상이 올 것이오.
설쳐대는 개 떼들 하나 때려잡지 못하겠소.
당신보다 키도 크고 더 잘생긴
젊은 남주들이 왜 안 나오겠소.
그대의 푸른 하늘과 그대를 기억하는 이 늙은이도
젊고 씩씩한 세상이 오는 그날까지 버티고 살아
젊은이들과 함께 방아쇠를 당기려 하오.

눈발 날리던 전라도 땅을 걸으며

조선남

가장 낮은 곳에서 바라보고
가장 쉬운 언어로 말하고
가장 뜨겁게 자기 시대를 사랑했던 사람
가장 바보스럽게 세상을 살면서
단 한순간도
놓치지 않고 세상을 부릅뜬 눈으로 바라보았던

그래서 그랬을까
집회장에서 만나면
바로 어제 본 것 같기도 하고
길을 가다 만나면
어딜 가느냐 묻지도 않고
함께 걸을 수 있는 사람

그래서 그랬을까
눈발 쏟아지는 날
전라도 땅 김개남의 길을 걸으며
두 시간 만에 오는 버스를 기다리며
간판도 없는 점빵에서 총각김치 한 조각으로

막걸리 잔 기울이며
창밖을 내다보며 괜스레
허어 그놈 날씨 한번 고약타
날씨 탓을 하면서

열 손가락 대목에 박혀
짚 둥주리 쓰고 소달구지에 끌려가던
김개남을 그리워하며 길을 걸었다
세상은 말이씨 그냥 개혁이 아니라
발칵 뒤집어 놓지 않으면
변할 것이 뭐시당가요

눈발이 거세지고
눈동자가 붉어지고
그날,
눈발 날리던 전라도 땅을 걸으며
바로 어제 만난 사람같이
우리는 함께 이 시대를 걷고 있습니다

선전 선동

조성국

모스크바 전철 안
우크라이나 국기 색의 스카프 머리에 쓰고 앉은
할머니의
표정이
경건타 못해 거룩하시다
저항이 그렇게 시끌벅적하니 거창할 필요 없다는 듯

붉은 동백과 주먹밥 배지와 노란 리본을
왼 가슴 옷깃에 달고 다녀 보자!

시월이면 빚쟁이가 된다

표성배

1979년 봄 마산 열다섯 살
나는 철공소 시다였다
지붕 낮은 집에도
기계 소리 요란한 철공소에도
봄은 왔지만, 꽃은 피지 않았다
올망졸망 시다들 키 재기 하는 동안
여름 가고 가을이 와도
기술은 재바르게 익혀지지 않았다

키 작은 탓으로 돌리기엔 공장은 살벌했고
정규방송 대신 계엄사령관 담화가 발표되고
신문과 뉴스는 불법시위 사회 혼란
엄중 대처 이런 말들로 어수선했다
하늘이 높고 말이 살쪘다는 시월이었지만
철공소 시다들은 배가 고팠다

아침에 출근한 형들이 어젯밤 있었던
데모 이야기를 했다
나는 데모가 무엇인지 궁금했지만

기술을 익히는 게 더 중요하다고 생각했다

어제 일찍 퇴근했던 정 형이
오늘 보이지 않았다
경찰서에 끌려갔다고도 하고
군인에게 맞아 입원했다고도 했다
나는 데모가 무서웠다

정 형이 출근하지 않는 동안
공장은 기계 소리까지 불안했고
함성과 군홧발 소리와 최루탄 터지는 소리에
사람들은 군데군데 모여 수군거리고
마산 하늘은 캄캄했다

40년이 지난 오늘,
시월 하늘은 맑기만 하다
이런 날, 1979년 시월 가을 하늘을 생각한다
독재정권과 그 하수인에 의해 죽고
상처 입은 열사들,

독재정권을 몰락시킨 마산에
독재정권 후손이 판을 치는 현실,
마산 시민들은
시월이면 빚쟁이가 되어야 한다

개가 꼬리 내리고
똥구멍을 가릴 줄 알면 개가 아니다
누군가는 아직도
마산을 민주 성지라 부른다

팔레스타인, 우리의 팔레스타인

이학영

아직도 아우슈비츠는 계속되고 있다
아직도 아우슈비츠 가스실에서 그랬듯
끊임없이 사람들이 죽어 가고 있다
지중해 한쪽 끝 팔레스타인의 나라
가자 지구 사막 한가운데서

하늘은 여전히 파랗고
해안에 넘실되는 파도는 여전한데
오늘도 세상 한쪽 끝
팔레스타인 가자 지구에서
폭격에 사람들이 죽어 가고 있다
사막의 천막 아래서 아이들이
목말라 물을 달라며
제발 내 땅으로 보내 달라며
그 어미와 아비 들이
죽어 가고 있다

한때 아우슈비츠에 끌려간
아이들과 아내를 잃고

엘리 엘리 라마 사박다니 외치며
나의 하나님은 어디에 있느냐고
분노하던 그 이스라엘의 자식들이
이제는 침략자가 되어
또 다른 학살자가 되어
미사일과 총을 들고
팔레스타인을
팔레스타인의 도시와 농촌을
폭격하고 있다
울부짖으며 피난 가는 사람들을
학살하고 있다

그리고 세상의 그 누구도
그들을 돌아보지 않는다
따뜻한 눈길도 주지 않는다
이스라엘의 민족 학살 전쟁 놀음에
그 잘난 아메리카도 유럽도 바티칸도
중국도 러시아도 외면하고 있다
예수님도 부처님도

돌아보지 않는다

당신 눈에는 팔레스타인이 보이지 않는가
아우슈비츠에서 죽어 가기를 기다리던
노란 별딱지를 가슴에 달고
아우슈비츠 가스실에서 죽어 간 유태인처럼
이제는 그 유태인의 자식들이 저지르는
또 다른 아우슈비츠 팔레스타인을
불타며 무너지는 건물 아래서
살려 달라며 절규하는 팔레스타인을
언제까지 이대로
지켜보고만 있어야 하는가

고통의 핏물이 강물처럼 흘러가는
우리의 형제 팔레스타인을
언제까지 이대로 방치해야 한단 말인가
— 엘리 엘리 라마 사박다니

생몰生殁

천주교안동교구 공원묘지에 가면
내가 아는 세 사람이 누워 있다

1963년생 배주영은 전교조에 가입해 시국선언을
했다는 이유로 학교에서 쫓겨났다
제자들의 졸업식을 보러 학교에 갔다가
졸업식 전날 눅눅한 자취방에서 연탄가스를 마시고
죽었다
1990년 그녀의 나이 스물일곱이었고 나는
비 오는 노제 행렬의 마지막 줄에 서서 북을 쳤다

1962년생 이상윤은 주물 노동자 출신이었다
쫓겨난 일터 대신 시민운동을 열심히 했고
대선이 막바지인 초겨울에 귀가하다가 차에 치여 죽
었다
2007년 그의 나이 마흔다섯이었고 나는
조시를 읽다가 울다가 읽다가 울다가 했다

1949년생 김창환은 전교조 해직 교사로

평생을 통일운동과 민주화운동에 헌신하다가
병을 얻어 죽었다
2013년 그의 나이는 예순넷이었고 새장가를 든 지
4년째 되는 해였다
나는 지금 그의 신혼집 새주인이 되어
그가 아끼던 마로니에를 키우며 산다

각자 살아온 내력도 죽은 이유도 다르지만
우리는 배주영을 보러 가면 이상윤과 김창환을 보고
이상윤을 보러 가면 배주영과 김창환을 보고
김창환을 보러 가면 배주영과 이상윤을 보고 온다

오늘은 김창환 선생의 10주기 추모일
세 사람의 묘지를 돌며 추모의 절을 하고
그들이 즐겨 부르던 노래를 함께 불렀다
노랫말에는 새날, 인간화, 민주주의, 희망
이런 꿈같은 이야기들이 들어 있었다

전야前夜

정양주

44년이면 축제가 될 수 있다는 5·18 전야제가 끝나고, 망월 묘지에 발걸음 몇 멈춘다.

수천 기 묘지가 별을 함께 보며 서로 온기를 나누는, 5·18 유공자들은 국립묘지로 떠난 망월시립묘지 한편 시인, 노동자, 농민, 통일운동가, 교사, 학생이 함께 있는 민족민주열사묘역. 내일은 VIP가 온다고, 국립 5·18민주묘지는 경찰들이 바리케이드로 출입을 통제하고, 등 너머 민족민주열사묘역은 꺼진 가로등 매단 전신주가 장승으로 서고, 밤이 훌쩍 키를 키운 소나무들 가지를 출렁인다.

곧 자시인데 낮은 묏등과 키를 맞춘 사람들 두런거리는 소리 안개처럼 땅에 붙어 있다. 18일 자시를 맞아 17년째 해원굿을 올리는 내벗소리민족예술단 30대의 청청한 청년들 10여 명과 해원굿을 펼치는 일행이, 국가기념일에 초대받지 못한 영혼을 위해 촛불을 켜고 제수를 올린 후, 가만가만 가야금과 장고 피리 대금 거문고에 소리를 얹어 땅속으로 보낸다.

상현달은 더 멀리 서쪽으로 가고 묘비들은 그 빛을 받아 겨우 형체를 드러내고, '처음에는 무서웠어요. 만장처럼 둘러선 플래카드가 어깨를 잡는 것 같았거든요. 몇 년째 오다 보니 지금은 그냥 편해요' 어둠이 실루엣만 남긴 청년들은 굿 장단을 맞추며 작은 공연을 열다가, '40대는 뭘 하고 있을까, 우리 중 몇이나 결혼해 살고 있을까' 얘기하다, 작은 웃음소리도 냈다가, 금방 울먹울먹하다가, 달 진 서쪽 하늘 향해 서서히 일어난다.

김남주 선생님께

강형철

마흔 살 무렵 선생님 떠나보낸 뒤
30년 동안 이 땅에 살았는데
시 한 편 못 썼습니다
무엇을 하며 살았는지 모르겠습니다

선생님 떠나고 20년 지난 뒤
『김남주 시 전집』이 나와
제 책상 옆에 두고
선생님이 시인으로 활동하며 쓴 500여 편의 시를,
아니, 이 땅의 진정한 아버지들을 읽긴 합니다

가끔 「조국은 하나다」를 읽기도 하고
피블로 네루다의 『모두의 노래』도 읽지만,
때로 선생님 그리워하시는 문정현 신부님
닳아진 하얀 수염 곁에 서 보기도 하지만…

30년이 훌쩍 지난 오늘도
선생님 시를 뒤적거리며
언젠가 뵙게 될 그날에

덜 부끄럽자고
이렇게 반성문이나 쓰게 됩니다

낫을 놓고도
기역 자도 모르는,

시를 보고도
시가 뭔지 모르는,

김남주 시비 앞에서 우리는
— 김남주 30주기 추모제

김완

망월동 민족민주열사묘역에서 30주기를 맞은 김남주
시인의 추모제를 마치고 우리는 시인의 시비가 있는 중
외공원으로 이동했다 비엔날레 기념 동산의 홍매가 화
들짝 깨어나는 이른 봄, 청송녹죽을 상징하는 시노래가
새겨진 시인의 시비 앞에서 우리는 활짝 웃으며 사진을
찍었다

그가 노래한 문제들, 사회적 약자들의 신음 소리, "없
어라, 하늘과 땅 사이에 별보다 진실보다 아름다운 건",
단단한 바위에, 시대의 녹두꽃이 되고, 파랑새가 되고,
들불이 되자고 했던 시인의 바람을 담은 '노래'가 새겨
져 있는 시비 앞에서 오랜만에 만난 우리는 다정히 어깨
동무를 하였다

오른손을 펴 귀 가까이 대어 세상의 모든 아픈 소리
를 다 듣겠다는 관세음觀世音 하는 자세로, 이 세상 모순
의 한복판에서 폭포처럼 쏟아지던 시인의 목소리를 잊
지 않겠다고 다짐하며 같지만 다른 시대의 강물처럼 기
념사진을 찍었다

인간은 먼지, 인생이란 이렇게 되고 마는 것, 인간은 계획하고 신은 인간을 망쳐 버리는 것, 소용돌이로 견뎌 왔던 삶, 온몸을 불태워 나라와 민족을 사랑한 시인의 영혼, 그의 존재만으로 완전한 역사가 된 위대한 잠재력이 누워 무심한 망각의 시대를 건너가는 우리를 지켜보고 있었다

출사出寫, 봄의 대화

양기창

여기가 시원지다
태초에는 전설의 용솟음이 있었을 터,
가막골 용소에서
붉을 단丹이 퇴색한 단풍잎을 표적 삼았더니
돌아올 회回로 돌고 도는
옛 도자기 표식에 간직되는 과거에는
전쟁과 사랑이 지나갔을 터
회문산 거쳐 지리산으로 가던 저 구름
뒤돌아 서 동학군 만난 황룡강에서
영산홍 그 붉음으로
빨치산 되어 버린 그 수줍음으로
흘러흘러 홍어가 노닐고 있는
흑산바다 노을빛에 묻는다
"무얼 찍고 있나요?"
나는 무심하게 답한다
"봄을 찍고 있습니다."
그는 허심하다
"단위가 크구만~."
가막골 용소 어두워지자

이른 개똥벌레 형螢,
별이 빛나는 형광색들이
봄밤에서 헤엄치고 있었다

돌고 돌아 제자리

최종천

임진왜란에서 일본을 이기고도
일제 36년을 살았다. 일제에서 해방되어 통일
민주주의 나라 되나 싶었는데 신탁이냐 반탁
이냐로 싸우다가 남과 북으로 분단되어
6·25 동족상잔을 치렀다. 그 여파로
반공 이데올로기 앞세운 박정희 군사독재가
등장하고 무려 20여 년 반공을 국시의 제일로
하는 군사독재 하에 반공에 감염되었다. 까닥하면
안보를 빌미로 색깔론을 만들어 겁박하여
국민들의 마음은 주눅이 들어 경직되었다.
12·12 사건으로 서울의 봄이 오나 했지만,
전두환의 5·18 만행이 공적이 되어 다시 독재 하에
신음하였다. 전두환 가고 전국을 뉴타운 개발하여
돈 벌게 해 준다는 말에 귀가 얇은 백성들이 동의하여
이명박이 대통령이 되고 국토의 젖줄기인 4대강을
망쳐 놓고 그 유지비로 연간 수백억이 들어간다.
백성들은 박근혜를 불쌍하다고 생각했다.
어미 아비 그렇게 죽고 홀로 살고 있으니
더욱 불쌍하게 여긴 것이다. 그러던 차에 박근혜가

대통령 후보로 나서자 동정심으로 찍어서 당선시켰다.
자신이 불행한 사람은 사회를 불행하게 만든다.
고로 불행한 자는 후보로 나서면 안 되는 것이다.
박근혜 촛불 들어 탄핵하고 문재인이 당선되어 촛불의
민심을 뭉개 버리고 백성들의 미움을 샀다. 이번에는
문재인이가
미워서 오기로 윤석열을 지지하고 다시 또 검찰 독재를
살고 있다. 우리의 오판과 잘못된 선택을 역사는
그대로 되돌려 주고 있는 것이다. 역사는 나선을
그리며 전진하지만 대한민국의 역사는 제자리에서
돌고 있다. 통일이 되지 않았는데 많은 백성들이
독립기념일을 축하한다. 나라에서 행사도 연다.
한심한 나라의 한심한 백성들아 어느 세월에
통일은 이루며 민주주의를 누릴 수 있겠는가?
통일은 고사하고 일본의 아가리에 먹히지 않으면
그나마 다행이라.

오늘, 형의 시론詩論을 떠올리다

― 누가 옆에 있거나 누가 나를 엿보거나 엿듣는다고 생각
  되면 시가 써지지 않는다. 숨어서 시를 쓰는 이런 버릇
  은 감옥에서 비롯된 듯하다.(「김남주-나는 이렇게 쓴
  다」, 1992.8.7 8.9, 경남 거창군 북상면 월성분교에서)

김태수

일천구백구십이 년 여름
푸르름이 가득한 남덕유산 기슭 작은 분교장
더 푸른 청춘들 모였다 그들은
플라타너스 멍석만 한 그늘에 짐 풀고
산개울에 몸을 담그거나
저들끼리 눈물 짜내며 간이 아궁이에 불 지펴
저녁 끼니를 장만했다
해가 설핏한 저녁답 둘러앉은 작은 교실
담임 작가들의 이야기는
짙은 솔바람 소리였다 그 시절 시인학교는
문학도文學徒 갈망의 날갯짓이었다

남주 형이 왔다
남민전 사건으로 아홉 해를 압류 당하고
사슬을 벗은 지 겨우 삼 년
경상도 거창 산골에 왔다 수척해 낯선 얼굴

드러난 광대뼈 유독 하얀 이빨로
'나는 뜨끈뜨끈하고도 달착지근한 보리밥이다'
김준태 시인의 시
「보리밥과 에그후라이」를 나직이 호명한다
"귀담아들으시던 까막눈 어머니 말씀
우리 밥 먹고 사는 꼬락서니와 똑같당께"
키득거리는 소리들도 일순一瞬
보리죽도 제대로 못 먹던 쑥털털이*의 시절
민중을 격려하기 위해 시를 쓰기 시작했다는
형의 고백은
교실 벽 비스듬하게 기댄 청춘들을 일으켰다
허리 꼿꼿이 세운 채 침을 삼키던 밤이었다

내 시의 땅은 먹고 입고 사는 문제이고
내 시의 땅은 먹거리 만드는 농부의 삽, 괭이고
내 시의 땅은 어부의 배와 그물이고
내 시의 땅은 집 짓는 노동자 대패, 망치이고
내 시의 땅은 갱 속 광부들 다이너마이트인데
어떻게 시인의 삶이

사람과 땅에서 멀어질 수 있겠냐고

풀벌레 소리 잦아드는 밤
운동장 귀퉁이 돗자리에 퍼더버리고 앉아
면 소재지 술도가에서 구해 온
입에 착착 달라붙는 걸쭉한 막걸리 전배기**
몇 순배씩 돌아갔을까
윗도리 눅눅히 밤이슬에 젖는 줄 모르고
시각이 자시子時를 넘긴 줄 모르고
우리들은 마흔다섯 살
문학이 현실을 바꾸는 데 역할을 해야 한다는
문학 전사戰士 남주 형이 풀어내는
당찬 말씀의 실타래에 칭칭 감길 수밖에

형의 몸 마디마디가 민중문학이었다
희망을 버린 시인들이 내뱉은 가여운 언어들이
시라는 이름으로 흩날릴 때
형은 지나친 비유와 낯선 표현을 버렸다
손바닥 위에서 훅 불면 날아가 버릴

해깝은 심상心象들, 덜 걸러진 난삽한 내면內面이
시가 되고, 인기 도서가 되고
어린 여학생들이 환장지경에서 허우적댈 때
형은 몸소 겪은 몹쓸 시련들을
시의 자산으로 차곡차곡 쌓고 있었다
황색주의***, 요염하게 분칠한 책들이 책방 서가에
비스듬히 누워 가진 자들 유혹할 때
죽기 살기로 일을 해도
지친 삶에 허덕일 수밖에 없었던 민중에게
자본의 비인간성에 맞서는
인간들의 글, 이런 글쓰기를 꿈꾸었다는 말씀
귀에 쟁쟁거린다

그렇다 그 푸른 한 철 남덕유산에서
형의 몸속에서는 실뱀처럼 이미 죽음의 덩어리가
똬리를 틀고 있었구나
분교장, 희미한 달빛, 작은 돗자리, 어둑새벽 이슬
"위대한 작품은
위대한 삶에서 나온다"

조곤조곤 형의 말씀에 마냥 젖었으니

그래서 더 허무하다 이태 반도 채 안 되어
형은 갔다

오늘 생각한다
치기稚氣의 기호들로 가득한 시의 세상에서
겨우 연명해 온 내 시가 시인가
빌어먹을 내가 정녕 시인인가 이미 늦은 탄식으로
형의 말씀 여기에 적는다

'낡은 세상 끝장내고
새로운 세상 여는 데 내 시가 이바지하기를
문학의 결과는
이런 낡은 세상 끝내는 힘을 결집시키는 것'

아시는가 잘난 조국의 시인들아
민중을 짓누르는
못된 세상 끝내야 하는 날이 바로 오늘임을

* 배고픔을 덜기 위하여 쑥에 곡식 가루를 묻혀 털어서 찐 음식.

** '전내기'의 방언으로 물을 조금도 타지 아니한 순수한 술.

*** Yellowism. 야비, 저급, 저속의 취미성을 살린 상업주의적 작품의 창작 및 출판.

김남주는 오늘 어디에 있는가
—김남주 시인 30주년 추모제에 부쳐

김호균

그의 손 한번 잡아 볼 수 없었던 30년,
오늘 그가 나에게 왔다 우리 모두에게 왔다.
어둠을 빛나게 하던 그가
껄껄껄 웃으며 문을 열고 들어선다.
검은 뿔테 안경을 쓰고
낡은 바바리코트의 깃을 세운 채 여기에 거기에
언제나 우리와 함께 서 있다.
우리가 찾아가지 않아도
그는 우리와 함께 있었다.
여기에도 거기에도 있었다.
그가 어디에 있었냐고 묻지 마라.
정말 봤느냐고 묻지 마라.
무등산 위에
도청광장 분수대 곁에
망월동 가는 길가에
한숨 가득한 실업자 곁에
오늘도 있고 내일도 있다.
그는 인류의 오랜 세월과 함께 살아온
가장 분명한 얼굴이다.
그는 오늘도 시작한다.

촌놈처럼 씩 웃으며 심장처럼 펄펄 뛰기 시작한다.
그가 걸어간 길은
오늘 우리의 목적지이다.
그를 향해 가리라.
닿을 수 있을 때까지
길 위에 박힌 발자국,
그는 우리 모두의 다른 이름이다.
새로 시작해야 하는 오늘이다.

우리가 그에게 물려받은 것들
―물봉 김남주 선생 30주기에

이승철

삶이 그래도 소중한 이유는 언젠가
그것이 끝나기 때문이라고 그 누가 말했던가.
당신이 떠나고 없는 광주천변에 홀로 앉아
함께했던 지난날들을 무심히 회상해 봅니다.
좋은 벗들은 이제 이 세상 사람이 아니라는
그 말씀에 담긴 통렬함을 생각해 봅니다.
세상과의 투쟁 끝에 우리가 물려받은 것은
여전히 피 흘리는 자유의 나무 한 그루이고
가장 결정적인 순간에 스스로 죽음의 길을 택한
전사戰士들의 당찬 발걸음과 새붉은 심장이었죠.

벗들은 떠나가고 어제의 친구가 적이 되는 시절
한 줄기 바람이 되고자 산봉우리를 올라갔지만
울먹이는 파도처럼 입때껏 유랑을 거듭했지만
권력자의 심장에 처박히는 화살이 되지 못했다.
살아 있는 오월의 적들을 그대로 내버려 둔 채
저 하늘의 별로 떠 있는 무수한 얼굴들만
떠올리다가, 통곡과 분노마저 사그라진 채
환갑 진갑 넘도록 허접하게 방황하고 있었다.

한때는 그 누구도 범접할 수 없는 그곳에
닻을 내리자고, 파도 끝자락까지 달려가자고
하루에도 서른 번씩 맹세하곤 했었죠.
허나 세상은 갈수록 타락, 진부해졌고
덧쌓인 치욕만 켜켜이 넘실거렸죠.
그대가 남겨주신 그 칼과 그 피로
한 떨기 사랑을, 별보다 아름다운 진실을
불러 모을 수 없을 때 어이해야 하나요.
오직 한 마리 새가 되어, 날개가 되어
불 꺼진 창가에서 부서지고 싶다던
그대가 부른 가을 노래가 문득 떠올랐지요.

창백한 달그림자 위로 불현듯이
물봉 선생의 헛웃음이 날 멈춰 세운다.
해남군 삼산면 봉학리 어성천 짱뚱이처럼
까무잡잡하던 그 미소가 떠올랐다.
콩밥, 시래기, 무말랭이 삼시 세끼로
0.7평짜리 옥방獄房에서 십 년을 살아낸 그가
겨울 칼바람처럼 세차게 내 얼굴을 후려친다.

권력에의 굴종 따위를 결코 용서치 않던 그가
여전히 핸드마이크를 들고 외쳐대며 서 있다.
서슬 퍼런 그 목소리가 온몸을 휘감아 돈다.
그래, 한 줄기 노래가 모진 세상을 내치는
죽비가 되지 못할 때 어찌 그가 오늘 밤
눈을 감겠는가, 눈을 감을 수 있겠는가.

김남주·5
—김토일*

형님
지난번 추모식 때 처음으로 토일이를 보았습니다
키는 형님보다 커 보였고
얼굴이 까맣기는 하였지만
형님처럼 새까맣지는 않았습니다
작은 얼굴에 안경도 쓰지 않은 것이
큰 얼굴에 알이 큰 검정 뿔테 안경을 쓴 아버지와는
전혀 다른 인상이었습니다
아버지보다 훨씬 잘생긴 것은
미인이신 엄마를 더 많이 닮아서겠지요
그날 가장 보고 싶은 분이었는데
강화도에서 내려오지 않아 얼굴을 뵙지 못했습니다
덕종이 형도 보고 싶은 사람 중의 한 사람이었는데
해남에서 올라오지 않았더군요

형님
토일이가 벌써 서른 살을 훌쩍 넘긴
건장한 청년이 되었대요
형의 말처럼 金土日은 아니지만

토요일 일요일엔 쉬는

어엿한 국가 공무원이 되었다네요

형의 아버지께선 그렇게도 원했고

형은 그렇게도 싫어했던

도회지 양복쟁이가 된 것이죠

그것도 대한민국 권력의 중심이자

웬만한 바람쯤은 막아낼 수 있는

국회의원 비서가 된 거예요

그런데요 형님

그 국회의원이 바로 전사 시절

땅벌작전을 함께 수행했던 이학영 전사랍니다

형님 세상이 참 재밋죠

형님이 만약 지금 이 사실을 시로 쓰신다면

뭐라고 쓸까요

* 金土日. 시인 김남주의 아들.

254

그대, 뇌성번개 치는 사랑의 이 적막한 뒤끝*
―故 김남주 시인을 애도하는 노래

황지우

1.

오호라, 한 시인의 이름을 고인故人으로 부르기 위해

간밤에 저렇게 50년 동안의 적설량積雪量을 이 겨울 골짜기로 몰아 놓고

갔단 말인가, 자기로 하여 저주받은 이 대지를 노래했던 시인이여

그대가 저 자욱한 눈발의 장막 뒤로 아른아른한 뒷모습을 하고

이 지상을 빠져나가는데 다시는 뒤돌아보고 싶지 않았음인가

그대, 우리의 죽을 수밖에 없는 몸뚱어리의 얼마 남지 않은 체온을 아껴

병상의 이불 한자락 이쪽으로 덮어 주려고

아아, 1994년 2월 13일 아침 이곳 남녘땅 전역은

그대의 눈부신 흰 수의壽衣가 덮여 있구나

바람은 간간이 그 위로,

여기 한 시인이 이 세상을 왔다 갔다는 지문指紋을 남기고

아직 남아서 슬퍼하는 사람들 머리 위로는

공원의 히말라야소나무 잔설을 흩뿌리고 지나가는데
너무 울어 버린 이 고을 사람들의 잃어버린 이름들
곁으로
그대 이름을 다시 보내야 하는 이 아침,
어찌하여 그대의 죽음은 저 대설大雪처럼 빛나는가

2.
오호라, 완전연소한 불꽃처럼 이제야 아름다워진
삶이
그대 말고 또 있으랴, 저 성악설性惡說의 캄캄한 시절
한 시대의 창공을 후려치는 채찍질처럼 뇌성번개 쳤
던 그대의 생애를 우리는
차마 따라가지 못했으며 다만 피뢰침 아래 웅크린 채
겁대가리 하나도 없는 그대의 "함성"을 들었으며
부잣집 담을 넘어간 그대 강도질을 보았으며
"남조선민족해방전선"이라는 그대 운명의 용어를, 그
처절한 역사의 신탁信託을
그 뒤로 십 년이 넘어서야 받아들였지
아아, 이 아무도 못 말리는 꼴통이여, 통 큰 강도여, 혁

혁한 전사여, 혁명가여,

　그러나 끝끝내는 시인이여, 이 저주받은 대지를 노래한 시인이여

　웅크린 자들의 기나긴 변명을 강타했던 그대 용기,

　이른바 레드 콤플렉스라는, 한 시대에 뒤집어씌운 주술呪術로부터

　우리를 풀려나게 하고 이념을 악령 추방시켰던 그대의 진실,

　가슴이 뜨거워지면 불타 버리고 마는 그대의 의로움

　그러나 이 모든 그대의 미덕보다도 지금 우리가 이렇게 그대로 하여

　슬픔으로 숨 막히고 그대가 이렇듯 속절없이 그리워지는 것은

　이제는 저 영정影幀 속에 들어가 버린 그대 티 없는 눈웃음처럼

　차라리 하나의 익살처럼 그대 일생을 관통하고 있는 순결한 영혼이리라

　오호라, 용기 있는 자여, 진실된 자여, 의로운 자여,

　우리들의 흠 없는 넋이여,

그대가 0.1평짜리 관棺 속에서 한 역사를 대신하여 죽
을힘으로

　순결을 지켰으므로 그대 창공 위로 우리가 저당잡힌

　한 시대의 양심이 빛나고 있었다, 말할 수 있으리

　아아, 완전연소한 불꽃 같은 그대 삶으로 하여

　우리 그 기나긴 밤을 지나왔지만 길을 안내하는 별이
있었고

　우리, 그리하여 '조국의 별'이라는 별자리 이름을 갖
게 되었네

　3.

　내가 병실에 들어섰을 때 시인은 자고 있었다. 밤에
는 극심한 통증 때문에 한 잠도 잘 수 없다가 낮에 그것
이 좀 잦아지면 옅은 잠을 잔다는 것이었다. 짙은 오줌
색의 액체가 링거 병으로부터 비닐 호스를 타고 시인의
팔뚝으로 한 방울씩 들어가고 있었다. 진통제였다. 나
는 이불 밖으로 나와 있는 시인의 발목을 한참 동안 바
라보았다. 살갗이 마른 오징어 거죽처럼 뼈를 가까스로
덮고 있는 형국이었으며 바탕 색깔은 거무튀튀한데도

황달기가 온몸에 번져 오렌지빛이 전체적으로 감돌았다. 나는 어떤 불가항력적인 힘을 대했을 때처럼 한숨을 내쉬었다. 그리고 시인이 깨지 않도록 조심스럽게 이불을 마저 덮어 주었다. 오후 세 시, 약 먹을 시간이라고 간호원이 들어왔기 때문에 시인이 일어나야 했다. 그는 움푹 패인 눈으로 먼 물체를 간신히 알아봤을 때처럼 나를 보았고, 그리고 약간 웃으려고 했다. 이런 순간 도대체 우리가 할 수 있는 말이란 거짓말이 아니고는 아무것도 없으리라. 나는 시인이 약을, 그 독의 약을 먹을 수 있도록 부축해 주었고 그러고 나서 그의 온몸을 지압으로 주물러 주었다. 머리끝에서 발끝까지 이미 죽음의 소환장을 받은 한 육신의 마디마디가 내 손에 잡혀지는데 끔찍하기도 했고 울컥 뭔가 속에서 체기 같은 것이 올라왔다. 미구에 이 육신을 집어삼킬 땅밑의 어둠에 대해 생각하다가 이 스러져 가는 육신 속에 끝까지 고통의 신경을 물고 놔주지 않는 잔인한 운명의 이빨에 나는 진저리 쳤다. 아아, 남주 성은 감옥에서 나왔지만 그 육신에 감옥을 떠메고 나왔구나!

재야인사 한 팀이 문병을 다녀간 후 얼마 있다 백낙

청, 염무웅, 이시영 선생이 병실로 들어왔다. 백 교수는
환한 얼굴로 웃으며 "우리 남주!" 하면서 시인의 두 손을
잡았다. 시인도 비로소 환하게 웃었는데 그 웃음은 이런
자리에서 믿어지지 않을 만큼 환했다. 그리고 그는 그
특유의 허허로운 표정으로 말했다. "세상을 뭔가 좀 베
풀다가 가야 하는데 아무것도 한 게 없어서…" "무슨 말
이야, 남주가 얼마나 큰 것을 베풀었는데!" 백 교수가 꾸
짖듯이 말했다.

4.
"자유 좀 주세요 자유 좀 주세요
강자 앞에 허리 굽히고 애걸복걸하면서
동냥 따위는 하지 않을 것이다
적어도 직립의 인간인 나는"(그의 시 「자유에 대하여」)
이라고 노래했던 한 시인은
눈 많이 내린 1994년 2월 13일
그를 낳아 준 남녘땅 전역에 눈부신 수의를 덮어 주고
마침내 마지막 감옥이었던 육신으로부터 탈옥하였다
그 육신은 죽음 받아들여 누웠지만

그의 인간은 스스로 자유로웠다

오오, 참 자유인 김남주여

그대 목숨 앞에서도 스스로 직립한 자여

빤히 바라보이는 자기 죽음 앞에서 그대가 허허 웃었을 때

우리에게 남아 있는 이 구질구질한 삶은 한낱 농담이 되어 버렸다

한 극한極限을 갔다 온 정신만이 보여 줄 그 자유가

이제 우리 모두를 유가족遺家族으로 불러내어

체포, 고문, 투옥 그리고 질병으로 모독 받은 그대 일생을

이 저주받은 대지에 묻도록 한다

그러므로 눈 덮인 대지여, 한 많은 망월이여, 찾아갈 곳 아니었던

고향이여, 여기 한 시인을 받아들여라!

세상이 아프면 자기 몸도 아파 버리는 시인의 거룩한 숙명을 다한

여기 직립의 인간을 받아들여라!

그리하여 우리가 몸을 묻는 것이 아니라

별을 이 땅에 묻는 것이 되게 하라!
저 눈 녹아 봄이 오는 언덕 위로 찬연히 빛날
조국의 별을!

* 이 시는 1994년 2월 16일 전남대학교 5월 광장에서 가졌던 '민족
  시인 故 김남주 선생 민주사회장 노제'에서 낭송한 조시였으나
  다시 헌시로 바친다.

개똥벌레와 함께 어둠의
시대를 건너는 시인들

홍기돈(문학평론가)

개똥벌레와 함께 어둠의 시대를 건너는 시인들

홍기돈(문학평론가)

1. 세상 끝 절대정신과 2024년의 너저분한 현실

서거한 지 삼십 년이 흘렀으나 김남주는 시인들의 의식 한가운데 살아 있다. 현실 세계의 끝까지 나아가 새로운 세계와 마주하였던 절대정신의 표상, 그러니까 "땅 끝 모서리에 튀어나온 바위 절벽"(신철규)으로 우뚝하기 때문이다. "기도는 끝에 머무는 것이"니(신철규) 너저분한 현실로부터 초극하려는 시인들에게 김남주는 하나의 지향이 될 수밖에 없다. 살아서 "파도와 방파제의 끝나지 않는 싸움 속"에서 "중심을 버린 채//어느새 가장자리를 다시 중심으로 만들고 있"는 최전방 전사戰士였던(박승민) 김남주는 죽어서 "자본의 벼랑 (중략) 바깥 어딘선가 영원한 것이 시작되고" 있음을 알리는 "하얀 새"로 되살아오고 있다(김수우).

『뇌성번개 치는 사랑의 이 적막한 뒤끝』은 서거 30주년을 맞은 김남주가 어떻게 되살아오는가를 보여 주는 시집이다. 먼저 지금은 사어死語가 되어 버린 듯한 시대정신과 관련하여 살펴보자. "한 사람"과 "시대가" "저렇게 정확히//서로를 알아본다"고 말할 수 있을 만큼(이영광)

김남주는 시대정신의 아이콘이었다. 그렇지만 굵고 뚜렷한 시대정신으로 사회 구성원이 뭉치기에 2024년 현실은 너무나 분열파편화되었다. "바람에 흩어지는 무수한 이파리"마냥 "지금은 나만의 세상, 1인칭 시대"로 전락하였으며(박두규), "잊기 위해" 혹은 "처음 만난 사이처럼" 인사를 나누는 "우리는" 그저 단자화된 개인으로 남아 있을 따름이다(유현아). 그러니까 시인이 "김남주여, 그대가 설 자리는 어디인가" 묻고(박두규), "진보란 알고 보면 자기기만에 불과하"다는 시위가 벌어지는 반동의 시대를 고발할 때(유현아), 이는 시대정신이 좌표로 설정되지 못한 현실을 가리키는 것으로 이해할 수 있다.

시집에서 흥미로운 점은, 여러 시인이 제각각 쓴 시의 묶음임에도 불구하고, 시대정신의 증발에 대응하듯 주체의 부재不在가 반복된다는 사실이다. 작업장에서는 노동자들이 "이름이 **없는** 사람처럼 살고 이름이 **없었던** 사람들처럼 죽고"(안현미), "표준화"된 세계를 사는 "나는 이제 나 **없는** 슬픔에" 빠져들고 있다(김경인). "대연각호텔에 불이 났을 때"는 "팔힘이 **없는** 사람부터 하나둘 떨어졌지요 타닥 다다다다 버티다가 못 버티면" 떨어졌다고 진술되는바(이용임), 대연각호텔 화재는 물론 현실의 비유이다. 현실 작동의 주체 부재와 연동하여 역사歷史는 표류하는 양상으로 제시된다. "기차를 타러" "용산역"에 나왔는데도 "기차를 타"지 못하고 "돌아갈 곳 **있**

는 사람처럼/행선지를 떠올리"는 시인(김안녕)을 보라. 김남주가 역사의 합법칙적 발전을 상징하는 기차에 어떠한 주저함도 없이 승차했던 면모와 확연히 대비된다. 나아갈 방향을 알 수 없다는 점에서 "사람들은 차를 타고 미끄러지며 어디론가 가고 있었다"(황인찬)라는 진술 또한 표류를 나타내는 진술일 수밖에 없다. 이것이 우리가 맞닥뜨린 2024년 현실이다.

이들 시인이 시대정신의 증발, 주체의 부재, 표류하는 역사를 토로한다고 하여 비관주의에 함몰되었거나, 전선戰線 바깥으로 이탈했다고 단정해서는 곤란하다. 오히려 리얼리즘 원리에 입각하여 현실 가운데서 자신의 자리를 마련하는 치열한 모색으로 이해하는 것이 타당할 터이다. 김남주가 벼린 '낫'(「종과 주인」)을 계승하여 "가슴을 향해 발사되는 총알"을 준비하는 시편이 그 증거가 된다.(권민경) 총알을 준비하는 시인이 "쓸모없는 것의 쓸모를 생각하는 것이 나의 일"이라고 할 때 증발·부재·표류하는 현실 속에서 역사의 좌표를 가늠하는 시각이 드러나며, "굳어 가는 뒷다리"에 대한 토로가 기실 새로운 세계로 도약하지 못하는 답답함 표출이라는 것을 확인할 수 있다. 『뇌성번개 치는 사랑의 이 적막한 뒤끝』에 실린 일군의 시편들은 이와 같은 문맥으로 읽을 수 있다. 2024년을 살아내고 있는 시인은 김남주가 서거하고 30년이 지나면서 달라진 현실 조건과 대면하여 대결

지점을 마련하고 있는 것이다.

2. 주체 재구성에 대한 모색 몇 가지

이데올로기는 "사이비 '민족'과 '종교'와 '국가'와 '자본'의/주도면밀한 가스라이팅"(송경동)이다. 이러저러한 관점으로 세계를 파악하게끔 만드는 일종의 색안경이기 때문이다. 일찍이 김남주는 "만인을 위해 내가 일할 때 자유", "만인을 위해 내가 싸울 때 자유", "만인을 위해 내가 몸부림칠 때 자유"라고 설파했다.(「자유」) 인공 낙원은 그가 주장했던 자유를 세계 바깥으로 몰아내고 구축된다. '새'를 자유의 표상으로 전제하고 다음 구절을 읽어 보라. "농작물 피해가 극심해 집집마다 방조망을 쳤어요. 멀리서 보면 마을 전체가 거대한 감옥 같았다니까요. 내쫓으려다 내쫓긴 거죠, 새들에게. 결국 누가 갇혔나 보세요."(안희연) 결국 탐조경으로 볼 수 있는 것은 "색색의 새 조형물"에 불과하니(안희연) 이를테면 이는 '단자화된 1인칭 개인'의 자유 정도가 될 터이다. 이러한 세계에서 "노력과 성실의 상징"으로 "오래전부터 거북이는 좋은 것이라 배워" 온 우리들 각자는 "뒤도 돌아보지 않고 오로지, 이 자세(거북목-인용자)가 좋은 것이라는 믿음으로" 길들여지며(서효인), "어둠 속을" "매일 개처럼 뛰어다니"는 "로켓배송" 노동자들은 지구 바깥으로 "발사된 로켓처럼" 다른 세계 인간으로 취급되기에 이른다(서광일). 그러면서 인간은 체제 순응적인 가축으로 수렴해 간다. "영검한 기운도/정백한 빛도 다 사라져/가축이 되어 버린" "하얀 사슴"은 영성靈性을 상실한 인간의 은유이다(김현).

『뇌성번개 치는 사랑의 이 적막한 뒤끝』에는 현실을 돌파해 나갈 몇 가지 방안이 제시되어 있다. 자신의 주머니를 털어 "어린, 여성, 노동자들의 입에 풀빵을" 넣어주었던 "자기가 무엇인지를 욕망하지 않고/오직 나는 너다,로 살았던/한 사람", 전태일을 호출할 때(황규관) 절제를 통한 관계 복원이 부각되고, "이 재앙 속에서도 나는 칼자국으로 살아 있다"(서재진), 혹은 "당신에게 다가오는 모든 날들은/당신이 맞서 싸워야 하는 날들"(박일환)이라는 진술에서는 니체 방식의 투쟁이 느껴진다. 이는 "이곳에서 나로 살기 위하여" "나를 넘어 나를 찾아낸"(배창환) 존재 증명에 해당한다. 협소한 자아의 울타리에 갇힌 개인 주체를 성찰 및 투쟁 단위로 변경, 재배치하고 있다는 것이다. 한편 김남주, "그가 걸어간 길은/오늘 우리의 목적지"(김호균)라면서 집단 주체에 행동을 촉구하는 경향도 확인할 수 있다. "추악하고 더러운 것들과 적당히 공생하려는가" 따져 물으며 펼쳐 놓은 "다시 만세의 민주주의를 부르자"라는 제안(김경훈), "민중을 짓누르는/못된 세상 끝내야 하는 날이 바로 오늘"이라는 강변強辯(김태수)에서 이를 확인할 수 있다. 이와 같은 제안·강변이 "흥에 몸을 태워 어디로 튈지 모르는 자유로운 몸짓", "살아 보고 싶은 모든 가능성들이 몸에 착착 감기는 날"로 표현되는 "혁명"을 전제하고 있음은 쉽게 짐작할 수 있다.(조성웅)

"누가 당신인 줄 알 수 없으니//누구를 만나든/당신을 대하듯 해야겠지요"라면서 "함께 걸어가야지요"로 끝을 맺는 「남주야, 남주씨, 남주 어르신」(유병록)은 대승 불교(북방 불교) 사유를 끌어안고 있다는 점에서 독특하다. '모르고 지나친 허술한 차림의 행인이 알고 보니 부처였더라'라는 서사 방식은 만인을 부처로 대하라는 북방 불교의 흔한 교훈 형식이다. 김남주의 「함께 가자 우리 이 길을」시상詩想이 불교와 접합되며 흥미롭게 변용된 사례라 하겠다. 김남주를 성찰과 반성의 매개로 전면에 설정한 사례도 나타난다. "일생이 정신인/죽을 때까지도" 스스로를 "갈고 갈아서/뾰족해진" 시인이 김남주인바, 서수찬은 그를 "속사람"으로 삼아 일상에 안주하는 자신을 다잡고 있으며, 윤석정과 강형철은 각각 일기와 반성문으로 김남주를 끌어안고 있다. 유병록, 서수찬, 윤석정, 강형철은 김남주의 삶과 문학 안팎을 오가며 너저분한 현실 바깥으로의 출구를 찾아 나가고 있는 것이다.

3. 제국의 발톱과 공중公衆 밖의 시인

계급과 더불어『뇌성번개 치는 사랑의 이 적막한 뒤끝』에서 중요하게 제기된 또 하나의 문제는 제국의 폭력이다. 미국의 강압 정책에 의해 "크리올 돼지"에서 "네발 달린 왕자들"(미국 돼지)로 품종이 교체된 뒤 펼쳐진 아이티 농민의 "갈기갈기 찢어진 내일"을 그린 시편(이설야), "Paragon is 당신을 위한 완벽한 주거 명작" 건설 현장의 외국인 노동자 죽음을 다룬 시편(김선향), 광주 학살과 캄보디아 학살을 병치하면서 "모르는 사이……/제국을 받아 적"고 있었노라며 "내가 나기 전부터 나는 공모자였다"고 성찰하는 시편(최지인) 등이 그 사례이다. 이스라엘의 팔레스타인 폭격을 제재로 취한 시는 세 편이나 된다. "나의 하나님은 어디에 있느냐고/분노하던 그 이스라엘의 자식들이/이제는 침략자가 되어/또 다른 학살자가 되어" "아우슈비츠"를 이어 간다는 있다는 비판이 있는가 하면(이학영), 폭격과 불꽃놀이 이미지를 겹쳐 놓고 구경꾼·방관자의 자리에 남아 있는 대중을 향한 비판도 있다.(허은실, 김중일)

이 가운데 허은실, 김중일의 시는 동일한 제재와 주제의식을 다른 방식으로 풀어 가고 있다는 점에서 눈길을 끈다. 허은실은 "불꽃축제가 벌어지는 한강변과/미사일이 건너는 요르단강은/지척"이라고 공간을 병치시킨 뒤, "폭죽이 조명탄처럼 연인의 얼굴을 비출 때" "가자 지구에 터지는 폭탄"을 포개는 방식으로 '지금 여기'의 안일한 일상을 비판하고 있다. 반면 김중일은 국경을 가로지르는 대신 空中과 公衆을 동음이의어 '공중'으로 비끄러매어 비판 근거를 마련하고 있다. "불놀이 꽃놀이"가 펼쳐지는 공중空中을 "사방에서 몰려든" 공중公衆이 구경하는 중이다. "문제라면 정작 쓰러져야 할 공중들은 피를 아무리 많이 흘려도 쓰러지지 않는다/문제라면 문제라면 공중들이 쓰러지지 않아 하루하루 계속된다 불놀이 꽃놀이는 계속된다". 공중公衆은, 민중과 달리, 앞서 살핀 "나만의 세상, 1인칭 시대"의 단순하고 일시적인 합산에 불과하니 '불놀이 꽃놀이'를 제어할 주체가 되지 못하는 것이다. 김남주가 일찌감치 프란츠 파농의 『자기의 땅에서 유배당한 자들』을 번역한 탈식민주의자였다는 사실을 떠올린다면, 제국주의와 관련된 이들 시편들 역시 김남주가 제기한 문제 의식의 연장이라 이해할 수 있다.

여타 시인들이 제국의 야만을 성토하는 와중에 방향을 거꾸로 잡아 지역 고유 문화와 역사를 환기시키는 시들도 있다. 삼베로 만들어 갓난아이에게 입혔던 "봇디창옷"을 소환하고(서안나), "재수야, 어디에 있느냐"며 외세 프랑스와 맞섰던 신축년 항쟁의 기억을 되살리는(김수열) 작업이 여기에 해당하는데, 이는 제국을 받아 적음으로써 공모자로 전락하는 사태로부터 거리를 유지하려는 방편으로 파악할 만하다. "굴뚝과 배기구를 통해 승천하며/지구를 가장 빠르게 죽게" 하는 화석 연료 "석유"와 "피"가 "포르피린이라는 같은 혈통에서 왔다"면서 "러시아산 석유와 우크라이나인들의 피가 때로는/동의어가 될 수 있"다고 경고하는 시 또한 제국주의 비판으로 묶을 수 있다. "피처럼 붉게/피보다 붉게/마침내 피로 붉게" 흘러가고 만 최근 몇 년간 동유럽 정세를 배면에 깔고 있기 때문이다.(나희덕) 끝으로 『뇌성번개 치는 사랑의 이 적막한 뒤끝』에 통일과 관련된 시가 포함되지 않았다는 사실은 사족으로 덧붙여 둔다.

일찍이 김남주는 "그래 자지 마라 개똥벌레야/너마저 이 밤에 빛을 잃고 말면/나는 누구와 동무하여/이 어둠의 시절을 보내란 말이냐"(「개똥벌레 하나」 2연) 토로하였다. 개똥벌레를 김남주의 환생으로 여기는 2024년의 시인 또한 김남주와 함께 어둠을 넘어서고 있다. "외롭고 쓸쓸한 오늘 밤은/개똥벌레 동무 삼아/캄캄한 어둠의 시간을 건너도 좋겠다".(김경윤) 깨어 있는 시인에게 현실은 언제나 '캄캄한 어둠'일 수밖에 없다. 완전한 세계로 비상하는 데 걸리적거리는 현실의 모순이 발목을 잡아채기 때문이다. 그와 같은 중력이 '외롭고 쓸쓸한' 시인의 정서를 자아낸다. 하지만 『뇌성번개 치는 사랑의 이 적막한 뒤끝』을 묶고 보니 시인 각자가 저마다의 방식으로 "개똥벌레로 환생한/시인"을 길잡이로 삼은 면모가 확인된다. 그런 점에서 『뇌성번개 치는 사랑의 이 적막한 뒤끝』은 시인의 고립감을 탈각할 근거를 내장했다고 말할 수 있다. 우리는 여기서부터 다시 일어서야 한다.

필자 약력 (가나다순)

강형철 1985년 《민중시》 2집으로 작품 활동을 시작했다. 시집 『해망동 일기』 『야트막한 사랑』 『도선장 불빛 아래 서 있다』 등을 냈다.

고영서 2004년 광주매일 신춘문예에 시가 당선되어 작품 활동을 시작했다. 시집 『기린 울음』 『우는 화살』 『연어가 돌아오는 계절』 등을 냈다.

고재종 1984년 실천문학사의 시집 『시여 무기여』로 작품 활동을 시작했다. 시집 『꽃의 권력』 『고요를 시청하다』 『독각』 등을 냈다.

곽재구 1981년 중앙일보 신춘문예에 시가 당선되어 작품 활동을 시작했다. 시집 『사평역에서』 『서울 세노야』 『푸른 용과 강과 착한 물고기들의 노래 』 『꽃으로 엮은 방패』 등을 냈다.

권민경 2011년 동아일보 신춘문예에 시가 당선되어 작품 활동을 시작했다. 시집 『베개는 얼마나 많은 꿈을 견뎌 냈나요』 『꿈을 꾸지 않기로 했고 그렇게 되었다』 『온갖 열망이 온갖 실수가』를 냈다.

권창섭 2015년 《현대시학》 신인상을 받으며 작품 활동을 시작했다. 시집 『고양이 게스트하우스 한국어』를 냈다.

권혁소 1984년 《시인》으로 작품 활동을 시작했다. 시집 『논개가 살아 온다면』 『수업시대』 『반성문』 『거기 두고 온 말들』 등을 냈다.

김경윤 1989년 무크《민족현실과 문학운동》으로 작품 활동을 시작했다. 시집 『신발의 행자』『바람의 사원』『슬픔의 바다』『무덤가에 술패랭이만 붉었네』등을 냈다.

김경인 2001년《문예중앙》으로 작품 활동을 시작했다. 시집 『한밤의 퀼트』『애들아, 모든 이름을 사랑해』『일부러 틀리게 진심으로』를 냈다.

김경훈 1993년《통일문학 통일예술》로 작품 활동을 시작했다. 시집 『운동 부족』『한라산의 겨울』『고운 아이 다 죽고』『눈물 밥 한숨 잉걸』등을 냈다.

김균탁 2019년《시와 세계》신인상을 받으며 작품 활동을 시작 했다. 시집 『엄마는 내가 일찍 죽을 거라 생각했다』를 냈다.

김명기 2005년《시평》으로 작품 활동을 시작했다. 시집 『북평장날 만난 체 게바라』『종점식당』『돌아갈 곳 없는 사람처럼 서 있었다』등을 냈다.

김사이 2002년《시평》으로 작품 활동을 시작했다. 시집 『반성하다 그만둔 날』『나는 아무것도 안하고 있다고 한다』『가난은 유지되어야 한다』를 냈다.

김선향 2005년《실천문학》신인상을 받으며 작품 활동을 시작다. 시집 『여자의 정면』『F등급 영화』를 냈다.

김성규 2004년 동아일보 신춘문예에 시가 당선되어 작품 활동을 시작했다. 시집 『너는 잘못 날아왔다』『천국은 언제쯤 망가진 자들을 수거해가나』『자살충』을 냈다.

김수열 1982년 《실천문학》으로 작품 활동을 시작했다. 시집 『어디에 선들 어떠랴』『신호등 쓰러진 길 위에서』『바람의 목례』『호모 마스크스』등을 냈다.

김수우 1995년 《시와시학》 신인상을 받으며 작품 활동을 시작했다. 시집 『붉은 사하라』『젯밥과 화분』『몰락경전』『뿌리주의자』등을 냈다.

김안녕 2000년 《실천문학》 신인상을 받으며 작품 활동을 시작했다. 시집 『불량 젤리』『우리는 매일 헤어지는 중입니다』『사랑의 근력』을 냈다.

김완 2009년 《시와시학》으로 작품 활동을 시작했다. 시집 『너덜겅 편지』『바닷속에는 별들이 산다』『지상의 말들』등을 냈다.

김중일 2002년 동아일보 신춘문예에 시가 당선되어 작품 활동을 시작했다. 시집 『국경꽃집』『아무튼 씨 미안해요』『가슴에서 사슴까지』『만약 우리의 시 속에 아침이 오지 않는다면』등을 냈다.

김태수 1978년 시집 『북소리』로 작품 활동을 시작했다. 시집 『겨울 목포행』『베트남, 내가 두고 온 나라』『외가 가는 길, 홀아비바람꽃』등을 냈다.

김학중 2009년 《문학사상》 신인상을 받으며 작품 활동을 시작했다. 시집 『창세』 『바닥의 소리로 여기까지』를 냈다.

김해자 1998년 《내일을 여는 작가》로 작품 활동을 시작했다. 시집 『무화과는 없다』 『집에 가자』 『해자네 점집』 『니들의 시간』 등을 냈다.

김현 2009년 《작가세계》로 작품 활동을 시작했다. 시집 『글로리홀』 『호시절』 『낮의 해변에서 혼자』 『장송행진곡』 등을 냈다.

김형수 1985년 《민중시2》(시 부문)와 1996년 《문학동네》(소설 부문)로 작품 활동을 시작했다. 시집 『가끔씩 쉬었다 간다는 것』 『빗방울에 대한 추억』 『가끔 이렇게 허깨비를 본다』 등을 냈다.

김호균 1994년 세계일보 신춘문예에 시가 당선되어 작품 활동을 시작했다. 시집 『물 밖에서 물을 가지고 놀았다』를 냈다.

나종영 1981년 창작과비평사의 시집 『우리들의 그리움은』으로 작품 활동을 시작했다. 시집 『끝끝내 너는』 『나는 상처를 사랑했네』를 냈다.

나희덕 1989년 중앙일보 신춘문예에 시가 당선되어 작품 활동을 시작했다. 시집 『뿌리에게』 『그 말이 잎을 물들였다』 『파일명 서정시』 『가능주의자』 등을 냈다.

문동만 1994년 《삶 사회 그리고 문학》으로 작품 활동을 시작했다. 시집 『그네』 『구르는 잠』 『설운 일 덜 생각하고』를 냈다.

박다래 2022년 《현대시》 신인 추천으로 작품 활동을 시작했다. 창작동인 '휘'으로 활동 중이다.

박두규 1985년 《남민시》 창립 동인으로 작품 활동을 시작했다. 시집 『사과꽃 편지』 『당몰샘』 『두텁나루숲, 그대』 『가여운 나를 위로하다』 등을 냈다.

박석면 2022년 《내일을 여는 작가》로 작품 활동을 시작했다.

박승민 2007년 《내일을 여는 작가》로 작품 활동을 시작했다. 시집 『지붕의 등뼈』 『슬픔을 말리다』 『끝은 끝으로 이어진』을 냈다.

박일환 1997년 《내일을 여는 작가》로 작품 활동을 시작했다. 시집 『지는 싸움』 『등 뒤의 시간』 『귀를 접다』 등을 냈다.

박주하 1996년 《불교문예》로 작품 활동을 시작했다. 시집 『항생제를 먹은 오후』 『숨은 연못』 『없는 꿈을 꾸지 않으려고』를 냈다.

배창환 1981년 《세계의 문학》으로 작품 활동을 시작했다. 시집 『흔들림에 대한 작은 생각』 『겨울 가야산』 『별들의 고향을 다녀오다』 등을 냈다.

백애송   2016년 《시와문화》(시 부문), 《시와시학》(평론 부문)으로 작품 활동을 시작했다. 시집 『우리는 어쩌다 어딘가에서 마주치더라도』, 비평집 『트렌드 포에트리, 틈의 계보학』을 냈다.

백우인   2021년 《문학저널》로 작품 활동을 시작했다. 시집 『쉼 없이 네가 희망이면 좋겠습니다』 『너랑 하려고』를 냈다.

서광일   1994년 전북일보 신춘문예, 2000년 중앙일보 중앙신인문학상을 통해 작품 활동을 시작했다. 시집 『뭔가 해명해야 할 것 같은 4번 출구』 『이파리처럼 하루하루 끝도 없이』를 냈다.

서수찬   1989년 《노동해방문학》으로 작품 활동을 시작했다. 시집 『시금치 학교』 『버스 기사 S시인의 운행일지』를 냈다.

서안나   1990년 《문학과 비평》으로 작품 활동을 시작했다. 시집 『푸른 수첩을 찢다』 『립스틱 발달사』 『새를 심었습니다』 『애월』 등을 냈다.

서재진   2018년 대산대학문학상(시 부문)을 받으며 작품 활동을 시작했다.

서효인   2006년 《시인세계》 신인상으로 작품 활동을 시작했다. 시집 『소년 파르티잔 행동 지침』 『백 년 동안의 세계대전』 『여수』 『나는 나를 사랑해서 나를 혐오하고』를 냈다.

손세실리아 2001년《사람의문학》으로 작품 활동을 시작했다. 시집『꿈결에 시를 베다』『기차를 놓치다』를 냈다.

손택수 1998년 한국일보 신춘문예에 시가 당선되어 작품 활동을 시작했다. 시집『호랑이 발자국』『목련 전차』『나무의 수사학』『어떤 슬픔은 함께할 수 없다』등을 냈다.

송경동 2002년《내일을 여는 작가》와《실천문학》으로 작품 활동을 시작했다. 시집『꿀잠』『사소한 물음들에 답함』『나는 한국인이 아니다』『내일 다시 쓰겠습니다』등을 냈다.

신용목 2000년《작가세계》신인상을 받으며 작품 활동을 시작했다. 시집『그 바람을 다 걸어야 한다』『바람의 백만번째 어금니』『나의 끝 거창』『우연한 미래에 우리가 있어서』등을 냈다.

신준영 2020년《실천문학》신인상을 받으며 작품 활동을 시작했다. 시집『나는 불이었고 한숨이었다』를 냈다.

신철규 2011년 조선일보 신춘문예에 시가 당선되어 작품 활동을 시작했다. 시집『지구만큼 슬펐다고 한다』『심장보다 높이』를 냈다.

안도현 1981년 매일신문 신춘문예와 1984년 동아일보 신춘문예에 시가 당선되어 작품 활동을 시작했다. 시집『서울로 가는 전봉준』『바닷가 우체국』『북항』『능소화가 피면서 악기를 창가에 걸어둘 수 있게 되었다』등을 냈다.

안미옥 2012년 동아일보 신춘문예에 시가 당선되어 작품 활동을 시작했다. 시집 『온』 『힌트 없음』 『저는 많이 보고 있어요』를 냈다.

안상학 1988년 중앙일보 신춘문예에 시가 당선되어 작품 활동을 시작했다. 시집 『안동소주』 『아배 생각』 『그 사람은 돌아오고 나는 거기 없었네』 『남아 있는 날들은 모두가 내일』 등을 냈다.

안주철 2002년 《창작과 비평》 신인시인상을 받으며 작품 활동을 시작했다. 시집 『다음 생에 할 일들』 『불안할 때만 나는 살아 있다』 『느낌은 멈추지 않는다』를 냈다.

안지은 2016년 조선일보 신춘문예에 시가 당선되어 작품 활동을 시작했다. 시집 『앙팡 테리블』을 냈다.

안현미 2001년 《문학동네》 신인상을 받으며 작품 활동을 시작했다. 시집 『곰곰』 『이별의 재구성』 『사랑은 어느날 수리된다』 『미래의 하얀』 등을 냈다.

안희연 2012년 《창작과 비평》 신인시인상을 받으며 작품 활동을 시작했다. 시집 『너의 슬픔이 끼어들 때』 『밤이라고 부르는 것들 속에는』 『여름 언덕에서 배운 것』 『당근밭 걷기』를 냈다.

양기창 2014년 《작가》 신인상을 받으며 작품 활동을 시작했다. 시집 『불사조 사랑』 『쏠 테면 쏘아 봐라』를 냈다.

여한솔 2021년 매일신문 신춘문예에 시가 당선되어 작품 활동을 시작했다.

유병록 2010년 동아일보 신춘문예에 시가 당선되어 작품 활동을 시작했다. 시집 『목숨이 두근거릴 때마다』 『아무 다짐도 하지 않기로 해요』를 냈다.

유현아 2006년 전태일문학상을 받으며 작품 활동을 시작했다. 시집 『아무나 회사원, 그밖에 여러분』 『슬픔은 겨우 손톱만큼의 조각』을 냈다.

윤석정 2005년 경향신문 신춘문예에 시가 당선되어 작품 활동을 시작했다. 시집 『오페라 미용실』 『누가 우리의 안부를 묻지 않아도』를 냈다.

이동우 2015년 전태일문학상을 받으며 작품 활동을 시작했다. 시집 『서로의 우는 소리를 배운 건 우연이었을까』를 냈다.

이병국 2013년 동아일보 신춘문예에 시가 당선되어 작품 활동을 시작했다. 시집 『이곳의 안녕』 『내일은 어디쯤인가요』를 냈다.

이봉환 1988년 《녹두꽃》으로 작품 활동을 시작했다. 시집 『해창만 물바다』 『밀물결 오시듯』 『응강』 『중덩들』 등을 냈다.

이설야 2011년 《내일을 여는 작가》로 작품 활동을 시작했다. 시집 『우리는 좀더 어두워지기로 했네』 『굴 소년들』 『내 얼굴이 도착하지 않았다』를 냈다.

이소연 2014년 한국경제신문 신춘문예에 시가 당선되어 작품 활동을 시작했다. 시집 『나는 천천히 죽어갈 소녀가 필요하다』 『거의 모든 기쁨』 『콜리플라워』, 산문집 『그저 예뻐서 마음에 품는 단어』 등을 냈다.

이승철 1983년 무크 《민의》로 작품 활동을 시작했다. 시집으로 『총알택시 안에서의 명상』 『오월』 『그 남자는 무엇으로 사는가』 등을 냈다.

이영광 1998년 《문예중앙》으로 작품 활동을 시작했다. 시집 『그늘과 사귀다』 『나무는 간다』 『살 것만 같던 마음』 등을 냈다.

이용임 2007년 한국일보 신춘문예에 시가 당선되어 작품 활동을 시작했다. 시집 『안개주의보』 『시는 휴일도 없이』를 냈다.

이원규 1984년 《월간문학》, 1989년 《실천문학》으로 작품 활동을 시작했다. 시집 『돌아보면 그가 있다』 『옛 애인의 집』 『그대 불면의 눈꺼풀이여』 『달빛을 깨물다』 등을 냈다.

이정록 1993년 동아일보 신춘문예에 시가 당선되어 작품 활동을 시작했다. 시집 『풋사과의 주름살』 『의자』 『어머니 학교』 『그럴 때가 있다』 등을 냈다.

이종민　2015년《문학사상》신인문학상을 받으며 작품 활동을 시작했다. 시집 『오늘에게 이름을 붙여주고 싶어』 『동시 존재』를 냈다.

이중기　1992년 시집 『식민지 농민』으로 작품 활동을 시작했다. 시집 『밥상 위의 안부』 『시월』 『영천아리랑』 『정녀들이 밤에 경찰 수의를 지었다』 등을 냈다.

이지호　2011년《창작과 비평》신인시인상을 받으며 작품 활동을 시작했다. 시집 『말끝에 매달린 심장』 『색색의 알약들을 모아 저울에 올려놓고』를 냈다.

이철산　1994년 전태일문학상을 받으며 작품 활동을 시작했다. 시집 『강철의 기억』을 냈다.

이학영　1984년 실천문학사의 시집 『시여 무기여』로 작품 활동을 시작했다. 시집 『눈물도 아름다운 나이』 『꿈꾸지 않는 날들의 슬픔』 등을 냈다.

이형권　1990년《녹두꽃》과《사상문예운동》에 시를 발표하며 작품 활동을 시작했다. 시집 『슬픈 것이 흘러가는 시간이다』 『칠산 바다』 『다시 청풍에 간다면』 등을 냈다.

장미도　2020년《문학과사회》신인문학상을 받으며 작품 활동을 시작했다.

장석원　2002년 대한매일신보(서울신문) 신춘문예에 시가 당선되어 작품 활동을 시작했다. 시집 『아나키스트』 『역진화의 시작』 『리듬』 『이별 후의 이별』 등을 냈다.

전호석   2019년 《현대시》로 작품 활동을 시작했다. 시집 『스
콜』을 냈다.

정양주   1989년 무등일보 신춘문예에 시가 당선되어 작품 활
동을 시작했다. 시집 『별을 보러 강으로 갔다』를 냈다.

정우신   2016년 《현대문학》으로 작품 활동을 시작했다. 시집
『비금속 소년』 『홍콩 정원』 『내가 가진 산책길을 다
줄게』 『미분과 달리기』를 냈다.

정우영   1989년 《민중시》로 작품 활동을 시작했다. 시집 『마
른 것들은 제 속으로 젖는다』 『집이 떠나갔다』 『활에
기대다』 『순한 먼지들의 책방』 등을 냈다.

조선남   1989년 전태일문학상을 받고, 《노동해방문학》으로
작품 활동을 시작했다. 시집 『희망수첩』 『눈물도 때
로는 희망』 『겨울나무로 우는 바람의 소리』를 냈다.

조성국   1990년 《창작과 비평》으로 작품 활동을 시작했다. 시
집 『슬그머니』 『둥근 진동』 『나만 멀쩡해서 미안해』
『해낙낙』 등을 냈다.

조성웅   시집 『절망하기에도 지친 시간 속에 길이 있다』 『물
으면서 전진한다』 『식물성 투쟁의지』 『중심은 비어
있었다』를 냈다.

조은영   2020년 《시인수첩》 신인상을 받으며 작품 활동을 시
작했다.

주민현 2017년 한국경제신문 신춘문예에 시가 당선되어 작품 활동을 시작했다. 시집 『킬트, 그리고 퀼트』 『멀리 가는 느낌이 좋아』 『연희와 민현』을 냈다.

최백규 2014년 《문학사상》 신인문학상을 받으며 작품 활동을 시작했다. 시집 『네가 울어서 꽃은 진다』를 냈다.

최승권 1986년 중앙일보 신춘문예에 시가 당선되어 작품 활동을 시작했다. 시집 『정어리의 신탁』 『눈은 어머니를 꿈꾸며 지상에 내려왔을까?』를 냈다.

최종천 1986년 《세계의 문학》으로 작품 활동을 시작했다. 시집 『눈물은 푸르다』 『나의 밥그릇이 빛난다』 『고양이의 마술』 『그리운 네안데르탈』 등을 냈다.

최지인 2013년 《세계의 문학》 신인상을 받으며 작품 활동을 시작했다. 시집 『나는 벽에 붙어 잤다』 『일하고 일하고 사랑을 하고』 『당신의 죄는 내가 아닙니까』를 냈다.

표성배 1995년 마창노련문학상을 받으며 작품 활동을 시작했다. 시집 『공장은 안녕하다』 『은근히 즐거운』 『자갈자갈』 『당신이 전태일입니다』 등을 냈다.

피재현 1999년 《사람의 문학》으로 작품 활동을 시작했다. 시집 『우는 시간』 『원더우먼 윤채선』을 냈다.

한여진 2019년 《문학동네》 신인상을 받으며 작품 활동을 시작했다. 시집 『두부를 구우면 겨울이 온다』를 냈다.

함순례   1993년 《시와 사회》로 작품 활동을 시작했다. 시집 『뜨거운 발』 『혹시나』 『나는 당신이 말할 수 없는 것을 말하고』 『구석으로부터』 등을 냈다.

허은실   2010년 《실천문학》 신인상을 받으며 작품 활동을 시작했다. 시집 『나는 잠깐 설웁다』 『회복기』를 냈다.

황규관   1993년 전태일문학상을 받으며 작품 활동을 시작했다. 시집 『패배는 나의 힘』 『태풍을 기다리는 시간』 『이번 차는 그냥 보내자』 『호랑나비』 등을 냈다.

황인찬   2010년 《현대문학》으로 작품 활동을 시작했다. 시집 『구관조 씻기기』 『희지의 세계』 『사랑을 위한 되풀이』 『이걸 내 마음이라고 하자』 등을 냈다.

황지우   1980년 중앙일보 신춘문예와 《문학과지성》으로 작품 활동을 시작했다. 시집 『새들도 세상을 뜨는구나』 『나는 너다』 『게 눈 속의 연꽃』 『어느 날 나는 흐린 주점에 앉아 있을 거다』 등을 냈다.

휘민   2001년 경향신문 신춘문예에 시가 당선되어 작품 활동을 시작했다. 시집 『생일 꽃바구니』 『온전히 나일 수도 당신일 수도』 『중력을 달래는 사람』을 냈다.

김남주 30주기 헌정시집
뇌성번개 치는 사랑의 이 적막한 뒤끝

2024년 10월 10일 1판 1쇄 펴냄
2024년 12월 2일 1판 2쇄 펴냄

지은이	권민경 유병록 황지우 외
펴낸이	김성규
기획	김경윤 김형수 송경동 신철규 홍기돈
편집	김안녕 조혜주 한도연
디자인	신혜연
펴낸곳	걷는사람
주소	경기도 용인시 기흥구 동백중앙로 358-6, 7층 (본사)
	서울시 마포구 월드컵로16길 51, 304호 (지사)
전화	031 281 2602 / 02 323 2602
팩스	02 323 2603
등록	2016년 11월 18일 제25100-2016-000083호

ISBN 979-11-93412-84-8 04810
ISBN 979-11-960081-0-9 (세트)